海天译丛

LA DISPARITION DE JOSEF MENGELE

魔鬼医生的消失

Olivier Guez

[法] 奥利维耶·盖 / 著

邓颖平 / 译

海天出版社（中国·深圳）

图书在版编目（CIP）数据

魔鬼医生的消失 ／（法）奥利维耶·盖著 ；邓颖平译. — 深圳 ：海天出版社，2018.7
（海天译丛）
ISBN 978-7-5507-2437-2

Ⅰ. ①魔… Ⅱ. ①奥… ②邓… Ⅲ. ①长篇小说－法国－现代 Ⅳ. ①I565.45

中国版本图书馆CIP数据核字(2018)第130468号

版权登记号　图字：19-2018-008号
LA DISPARITION DE JOSEF MENGELE
by Olivier Guez

魔鬼医生的消失
MOGUI YISHENG DE XIAOSHI

出 品 人　聂雄前
责任编辑　林凌珠　岑诗楠
责任校对　万妮霞
责任技编　梁立新
封面设计　知行格致

出版发行　海天出版社
地　　址　深圳市彩田南路海天综合大厦（518033）
网　　址　www.htph.com.cn
订购电话　0755-83460239（邮购）　83460397（批发）
设计制作　深圳市龙瀚文化传播有限公司 0755-33133493
印　　刷　深圳市华信图文印务有限公司
开　　本　889mm×1194mm　1/32
印　　张　7.25
字　　数　120千
版　　次　2018年7月第1版
印　　次　2018年7月第1次
定　　价　42.00元

纪念阿达和朱迪塔·斯皮齐基诺，格拉齐亚·迪赛尼和罗萨纳·卡洛。①

---

① 格拉齐亚·迪赛尼是阿达和朱迪塔的母亲，罗萨纳·卡洛是阿达的女儿。1943年10月16日，她们在罗马的家中被逮捕后被立刻送到奥斯威辛集中营，四人先后遇害。她们被带走时的住所位于罗马市中心地区的芮吉妮娜路。这条街道的地面上有四块铜牌，记录着这四位女性的生卒时间。

你给一个普通人制造这么多痛苦，
还大声嘲笑正在受苦的他，
别以为你可以全身而退，
诗人记得你的所作所为。

——切斯瓦夫·米沃什[1]

---

① 切斯瓦夫·米沃什（1911—2004），美籍波兰作家，1980年获诺贝尔文学奖，主要作品有《被禁锢的头脑》《伊斯河谷》《个人的义务》等。

目 录

第一部分
船长

1

北境之王号驶入浑浊的内河，像剪刀把河面裁成两片。一些乘客早就聚集在甲板上，他们从黎明时分就开始张望。现在，纵然隔着薄雾，他们也能看到港口的吊车还有集装箱的红色轮廓。德国乘客哼起军歌，意大利人在胸口画着十字，犹太人在祷告，情侣在蒙蒙细雨中依偎在一起。经过三周的航行，北境之王号抵达了布宜诺斯艾利斯。形单影只的赫尔穆特·格雷戈尔倚靠着围栏，陷入沉思。

他本想着秘密警察会开着小船来接他，这样他就不用跟海关人员纠缠。在热那亚上船的时候，格雷戈尔恳求库尔特帮他办妥这件事。他告诉库尔特自己是科学家，一流的遗传学家，愿意为这个花点钱。（格雷戈尔相当有钱。）蛇头面带微笑，没有直接拒绝，解释说，通常只有旧政府里有头有脸的大人物才能享受这种待遇，党卫军上尉这一级的人很少能获得这种优待。不过他会发封电报到布宜诺斯艾利斯，让格雷戈尔放心。

库尔特收了格雷戈尔的马克，警察的小船却始终没有出现。格雷戈尔和其他人一样，在阿根廷海关入境大厅里等着，双手一直紧握着一大一小两个行李箱。他打量着身边这些从欧洲逃亡过来的陌生人，有的衣着光鲜，有的衣衫不整。整个旅程中，格雷戈尔一直和他们保持距离，他宁愿待在包间里看海、看星星，读德国的诗文。他回顾了最近四年的生活：1945年1月匆匆离开波兰，为了躲避苏联红军，他乔装成德意志国防军。这个身份使他成了美军战俘，不过名为弗里茨·乌尔曼的伪造身份证件让他在几周后获释。后来他藏在巴伐利亚的一个农场，这个鲜花盛开的农场离家乡金茨堡不远，他用弗里茨·霍尔曼的名字生活了三年，每天割草、挑土豆。之后，他趁着复活节假期从农场逃走。两个月前，他通过走私商贩常走的森林小路翻过多洛米蒂山，来到意大利的南蒂罗尔，在那儿他化名为赫尔穆特·格雷戈尔，最后逃到热那亚，法外之徒库尔特帮他搞定了意大利和阿根廷的手续。

2

逃犯向海关人员出示了国际红十字会出具的旅行材料、准许上岸的通知单和入境签证。这些证件上的信息

门格勒的假证件

显示持证人赫尔穆特·格雷戈尔，身高1米74，棕绿色眼睛，1911年8月6日出生于南蒂罗尔的泰尔梅诺镇，是拥有意大利国籍的德国公民，天主教徒，职业是机械师。在布宜诺斯艾利斯的地址是佛罗里达街区阿雷纳莱斯大街2460号，杰拉德·马勒布朗克代收。

海关人员开始翻检他的行李。大行李箱里整齐叠放着衣物、书籍、歌剧唱片，还有一张照片，照片里的女人面容姣好、一头金发。不过他们随即对手提箱里的东西皱起了眉：皮下注射器、笔记本、解剖图、血液样本、组织切片。一个机械师带着这些东西，有点可疑。于是他们叫来了港口医生。

格雷戈尔打起了哆嗦。手提箱里是他毕生的心血、多年研究的成果。从挚爱之地波兰匆匆撤离的时候，他近乎疯狂地带上了这个可能招来杀身之祸的手提箱。要是苏联人发现他带着这个手提箱，很可能不加审判就把他处决了。1945年春，德军全面败退，在向西逃亡时，他把手提箱交给一名可靠的护士。从美军战俘营获释后，他在三个星期内辗转多地来到苏联控制的地区，找到那名护士，取回手提箱。之后，他把手提箱交给儿时的好友汉斯·泽德尔迈尔，这位好友也深得他的实业家父亲的信任。格雷戈尔藏在巴伐利亚农场的时候，泽德尔迈尔常常去农场附近的森林和他见面。格雷戈尔坚持要带着这个手提箱离开欧洲，泽德尔迈尔只好在他动身去意大利的时候把手提箱交还给他，顺便给了他一个装满钞票的大信封。这蠢货的脏手怕是要把我的心血给毁了，格雷戈尔在心中暗骂，港口医生翻看着样本还有用哥特字体写得密密麻麻的笔记本。他什么也看不懂，于是用西班牙语和德语问了格雷戈尔几个问题。机械师解释说，生物是他的业余爱好。两人对视了一下，港口医生想去吃午饭了，于是向海关人员做了个放行的手势。

1949年6月22日，赫尔穆特·格雷戈尔入境庇护国阿根廷。

3

库尔特在热那亚曾向他保证，一位德国医生会去港口接他，并把他送到马勒布朗克家。然而这又是蛇头给他开的空头支票。

格雷戈尔在雨中来回踱步，接他的人也许在路上堵车了。他盯着码头那边看，船坞工人跑来跑去，团聚的家人笑着离开，卸货区堆放着成捆的皮草和羊毛。德国医生始终没有出现。格雷戈尔看了一眼手表，一艘冷藏货船拉响了汽笛，格雷戈尔开始有点担心，犹豫要不要直接去马勒布朗克家，不过他还是决定继续等，这样稳妥些。很快，他成了码头上北境之王号的最后一批乘客。

两个卡拉布里亚人招呼他一起打车，这两人像骡子一样，驮着沉甸甸的行李。格雷戈尔猛然发现在南美的第一天，自己竟然与下等人为伍，不过他不想一个人待着，再说他也不知道该去哪儿。

4

在巴勒莫酒店，格雷戈尔和同伴住进了一间没有独立卫浴的客房。他们嘲笑格雷戈尔作为南蒂罗尔人，却不会说一句意大利语。对于自己的选择，格雷戈尔有点后悔，不过他决定克制。吃过同伴给的几片蒜味香肠，他倒头睡下。箱子被牢牢卡在墙和身体之间，以免那两人动歹念。

第二天一早他就忙碌起来。马勒布朗克家的电话总是没人接，于是他跳上计程车，先去火车站寄存小手提箱，然后在佛罗里达街区的一条安静的街道上下了车。他按响了一栋新殖民风格的别墅的门铃。一小时后，他回到这里，又按了按门铃，还是没人来开门。他找到一家咖啡店，作为临时的栖身之所，从那里打了三次电话到马勒布朗克家，始终无人应答。

离开热那亚前，库尔特告诉他在布宜诺斯艾利斯的第二个联络人——德国商人弗里德里希·施罗特曼，他经营的纺织厂生意很好。1947年，施罗特曼资助了一些空军飞行员和机师通过斯堪的纳维亚秘密出逃。库尔特告诉格雷戈尔："这个人很有权势，他能帮你找份工作，结交新朋友。"

格雷戈尔直接去纺织厂找施罗特曼，不巧的是他这周休假。鉴于格雷戈尔坚持要见他，女秘书把他带到人力主管那儿。那个德国阿根廷混血儿，穿衣风格混乱，他的做派立刻引起了格雷戈尔的不满。格雷戈尔是当经理的料儿，这个头发油亮的年轻人却建议他干“非常体面的”体力活——刷羊毛，刷每天从巴塔哥尼亚运来的羊毛。刚入行的人都是从这个工种开始干的。格雷戈尔觉得自己被冒犯了，气得差点要跳上去掐住这个狗东西的脖子。他可是大户人家的孩子，人类学和医学双料博士，让他在布宜诺斯艾利斯郊区，和印第安人、外国侨民一起，在散发着刺鼻化学药水味儿的车间里刷羊毛，每天工作10个小时？格雷戈尔摔门而去。他发誓，回欧洲以后要扒了库尔特的皮。

5

格雷戈尔边喝橙汁边分析自己的处境。找份工作，每天学100个西班牙语单词，联系马勒布朗克，纳粹反间谍组织“阿勃维尔”[①]在玻利维亚的前特工，继续忍受那两

① 1920年到1945年德国的情报机构。德语为Abwehr，“防御”的意思。本来是一战后德国向协约国投降的产物，即其存在只是为了防御而已。

个卡拉布里亚人，虽然他住得起更舒适一些的酒店。格雷戈尔完全听不懂他们说的南方方言，只知道这两人是法西斯老兵，参加过进攻埃塞俄比亚的战役。战士不会背叛别人，但是最好还是保持低调，留着那些珍贵的外汇，未来尚不确定。格雷戈尔从来就不是个轻率的人。

格雷戈尔摊开布宜诺斯艾利斯的地图，他要尽快熟悉这里的地名，阿韦亚内达，博卡港，蒙色纳特区，国会……不久前他能让一个国家陷入恐慌，现在，面对地图上的小格子，他觉得自己渺小得像只跳蚤。格雷戈尔的思绪飘到另一种棋盘格结构上，那里有木板房、毒气室、焚尸炉、铁路。在那里，他以种族工程师的身份度过了人生中最美好的时光。那是一片被哨所和铁丝网严密保护的禁区，空气中弥漫着尸体和头发烧焦的酸腐味。他骑着自行车、摩托车或者开车在面目模糊的人群中穿梭。笔挺的军装制服、皮靴、手套、微微倾斜的军帽，他是一个外表潇洒、不知疲倦的杀人狂。没有人可以跟他对视、说话，就连纳粹同僚都怕他。站在斜坡上挑选犹太人时，很多纳粹士兵会陷入迷糊，他却十分清醒，还面带微笑，吹着口哨，旋律是歌剧《托斯卡》里的选段。绝不能被人类的情感左右，怜悯就是软弱，于是他挥一挥手杖就决定了受害者的命运：往左是去毒气室，立刻去死；往右就是死缓，他们将被送去做苦力或者他的实验室。那是世界上最大的人类实验室，他每天从源源不断运来的犹太人中寻找“合适的人体材料”（侏儒、巨人、残疾人、双胞胎）。这里有一群供他实验的幼童，他们被注射各种试剂，然后测量、放血、切割、杀害、解剖……只为探究双胎妊娠的秘密，制造超人，增强德国人的生育能力，这样才能在未来的某天以足够多的北欧人种赶走盘踞在东边的斯拉夫人。他是纯正血统的守护者，是创造新人类的魔法师。然而战争结束后，闪光的学历、帝国的认可都成了人生污点，随时可以把他绊倒。

用血统占领土地，这是他的野心，也是他的最高领袖海因里希·希姆莱①描绘的远景。

奥斯威辛，1943年5月到1945年1月。

格雷戈尔就是“死亡天使”约瑟夫·门格勒医生。

6

薄雾和暴雨是南半球冬季的特色，布宜诺斯艾利斯进入流感季。格雷戈尔躺在床上，意志消沉，他也感冒了。

他盯着从通风管里钻出来的一只蟑螂。虽然盖着被

① 海因里希·希姆莱（1900—1945），历任纳粹党卫队队长、纳粹德国秘密警察首脑、内政部部长等要职，是纳粹德国时期最有权势的人物之一，对犹太大屠杀负有直接责任。

子，他还是冷得瑟瑟发抖。上次病倒还是在1944年秋天，当时，苏联红军占领了中欧，他知道帝国败局已定，常常夜不能寐，精神极度衰弱，是妻子依琳让他恢复了健康。那年夏天，她带着刚出生几个月的儿子的照片，到奥斯威辛集中营探望他。那几个星期，两人过着田园诗般的生活。虽然他要承担繁重的任务，44万匈牙利犹太人运到了奥斯威辛，但他们还是共度了第二个蜜月。这边毒气室开足马力运行，那边依琳和约瑟夫在索拉河畅游；这边无数男人、女人甚至儿童被扔进焚尸炉，那边依琳和约瑟夫在草地上捡蓝莓做果酱；这边焚尸炉内烈火熊熊，那边依琳和约瑟夫激情缠绵。不到两个月的时间，32万匈牙利犹太人命殒奥斯威辛。

初秋时分，约瑟夫濒于崩溃，依琳一直陪在他身边。两人搬进了一栋新建的木屋，里面装配了浴缸和厨房，还有一些门徒为他们服务。

格雷戈尔看着床头柜上依琳的照片，那是1936年他们在莱比锡相识时拍的。当时他在大学附属医院工作，在佛罗伦萨学艺术史的依琳恰巧路过此地。两人一见钟情。19岁的依琳一头金发，身材窈窕，举止就像克拉纳赫画中的维纳斯一般优雅。这就是他的理想伴侣。

格雷戈尔咳了几声，回想起和依琳在一起的场景。夏天，她穿着裙子，挽着他的手臂，在慕尼黑的英国公园散步；战争前夕，他们举行婚礼那天，他开着欧宝跑车飞驰在帝国的高速公路上，她开心地坐在副驾驶的座位上。现在他只能愤愤不平地盯着照片里的薄唇，虽然已经看了千遍万遍。依琳不肯带儿子和他一起来阿根廷，不想过亡命天涯的生活。约瑟夫·门格勒的名字不仅出现在美国人开的战犯名单中，还出现在之前的几次审判中。

其实，她早就抛弃了他。在深山老林和巴伐利亚农场东躲西藏的这几年，他就觉得她渐行渐远。好友泽德尔迈尔、父亲和兄弟都跟他说过，依琳把头发染黑了，烫鬈了，找了别的男人。“为了掩人耳目”，她还跟美国军事警察说丈夫已经阵亡。蜗居在巴勒莫酒店阁楼的格雷戈尔哀叹：“这真是个不知廉耻的女人！”他的战友从前线归来，妻子像迎接英雄一样欢迎他们，他的老婆却跟弗莱堡卖鞋的坠入爱河，还把他发配到了阴曹地府。

7

在楼下的淋浴房，格雷戈尔围着浴巾欣赏起了自己的身体——平坦的小腹、光洁的胸膛、柔软的皮肤。他一直很注意保养皮肤，经常对着镜子，花上大把时间涂抹保湿霜，他的兄弟和依琳都笑他娘气。不过这份矫情也救了他的命。1938年加入党卫军时，他拒绝按照规定把自己的

逃亡时的门格勒

编号文到腋下或者胸前。战后，美军逮捕过他，因为觉得他只是个无名小卒，几周后就把他给放了。

格雷戈尔凑向镜前，看着自己的弯眉、微微隆起的额头、鼻子、嘴唇。他不时转动脑袋，观察自己的侧影，对着镜子用眼睛放电，摆出诱人的眼神，突然目露凶光，接着又变成犹豫担心的样子。门格勒这个奇怪的姓氏的来历一直困扰着雅利安人种工程师。门格勒，听起来有点像圣诞节吃的点心，又像是一种毛茸茸的蜘蛛。还有，为什么他的面色和发色这么深？在金茨堡，班上的同学给他起过“吉普赛人”的绰号。到布宜诺斯艾利斯以后，他蓄起小胡子，这让他看上去像是小贵族、意大利人甚至本地人。格雷戈尔露出微笑，给自己喷了点古龙水，这时他看到门牙间的缝隙。虽然德国战败，虽然自己不得不亡命天涯，虽然始终联系不上马勒布朗克，他还是战胜了疾病，还能勃起。作为一个38岁死里逃生的男人，自己应该还是有魅力的。想罢，他把头发全往后梳，就像《狗房谋杀案》里的威廉·鲍威尔，穿上衣服出门了。拉普拉塔河上刮起了风，天空变得明媚起来。

这几天他走遍了布市的各个角落：七九大道、独立尖塔、科连特斯的酒馆和书店、高大的巴罗洛宫、五月大道上新艺术风格的咖啡馆、草地上覆盖着油纸的巴勒莫公园、车水马龙的市中心、佛罗里达大街上的甜点店和奢侈品店。前一天，他在总统府玫瑰宫前看士兵迈正步换岗，围观群众的热情和他们对军人的崇敬给他留下了深刻印象。在阿根廷，在世界上任何一个国家，军队都是维持社会稳定的机构。只有背负集体罪责的德国人极力摧毁传统，格雷戈尔在返回巴勒莫的地铁上喃喃自语道。

走在布宜诺斯艾利斯街头，满眼都是美女、鲜花、流浪狗、梧桐树和桉树，空气里弥漫着烟草和烤肉的香气，商店里货物琳琅满目，一点不逊色于欧洲的商场。报刊亭售卖热门报纸期刊、圣母雕像还有明星海报，最常见的当属河床队球星阿尔弗雷多·迪斯蒂法诺、探戈歌手卡洛斯·葛戴尔和奥古斯汀·马伽蒂。

自建城以来，布宜诺斯艾利斯秉承开放包容的原则，成为小商贩和逃兵安身立命之所。格雷戈尔登上有轨电车，淹没在人流和车流之中。他不跟任何人说话，在街上看到红胡子犹太人，他会立刻躲开。在地图上，他把克里斯波别墅区和万斯广场这两个区域画上红圈，因为犹太人聚集在那里开制衣坊，他担心会碰到奥斯威辛飘来的幽灵，把他当众揭穿。

格雷戈尔没有什么不习惯的地方。阿根廷经济发展迅速，是拉美最发达的国家。战后，百废待兴的欧洲从这里大量进口农产品。布宜诺斯艾利斯有很多电影院、剧院，屋顶是灰色的，学生穿着校服。和帝国时期的德国很相似的是，人们对国家领袖顶礼膜拜。在这里，深受人民爱戴的是一对伉俪，高大的男人穿着浮夸的西服，娇小的女人戴着耀眼的珠宝。他们一个是救赎者，一个是被压迫者。他们的海报在首都随处可见，他们就是胡安和艾薇塔·庇隆[①]。

8

为了消磨时间，格雷戈尔在报纸上读关于他们的罗曼史。两人相识于1944年1月，圣胡安地震后的一次赈灾慈善酒会上。年轻的女演员埃娃·杜阿尔特被庇隆上校迷住了，他是掌权的军官团里的头面人物，为穷人代言，擅长体育，能言善辩，目光犀利，外表英俊，五官像印第安人那样棱角分明。他呼吁动员全国的力量帮助灾区重建。

酒会后，庇隆时常去艾薇塔工作的电台，艾微塔当时还在寻找当演员的机会，也经常出入庇隆执掌的劳动部。

① 胡安·庇隆（1895—1974），阿根廷前总统。埃娃·杜阿尔特是庇隆的第二任妻子。结婚后，按照阿根廷的习俗，她随夫姓。“艾薇塔”是对她的爱称。

庇隆正准备在政治上大展宏图，被女孩的热情和大度所打动，于是邀请她担任自己的秘书，随后两人出双入对。埃娃完全臣服于庇隆："庇隆，我的太阳，我的天空，我的雄鹰，你飞得又高又远，飞在上帝庇佑的群山之巅。你是我生命的全部意义。"

庇隆运用手段上位，现在已经当上陆军部长兼副总统。他增加军费预算，成立空军，在广播里鼓吹巴西会进攻阿根廷，然而巴西始终没有出兵。世界大战结束后，美国要求军政府尽快举行民主选举。1945年9月，反对执政党的各种势力联合起来，举行了一场声势浩大的游行。阿根廷陷入混乱，军队出现内讧，自由派和民族主义者彻底分家，庇隆被关押，还被解除一切职务。在工会组织的号召下，庇隆的支持者，也就是工人、工会成员和穷苦民众走上街头，聚集在位于五月广场的总统府门前，要求释放庇隆，让他重回政府。之后，庇隆和艾薇塔结婚。几个月后，他赢得了总统大选。

艾薇塔和庇隆有很多共同点，他们都是胸怀大志、嫉恶如仇的外省人。庇隆出生在丘布特省的一个偏远农场，父亲是个漂泊成性的平庸之辈，母亲是个朝三暮四的女人。艾薇塔是外省望族的私生女，1911年，16岁的庇隆考上陆军学校的时候，她还没有出生。这个年轻的士兵走遍了阿根廷的山山水水，巴拉那河、安第斯山、米西奥内斯的亚马孙雨林……这正是他所希望的。他看到劳苦大众每日的艰辛，屠宰场工人的境遇还不如那些待宰的牲畜。这个国家看似富裕，其实存在着种种不公。它是英国的主要原材料供应国，却受制于英国。英国人控制着它的铁路，银行家从广袤的潘帕斯草原和可以提取丹宁的“砍断斧”[①]树林中攫取财富。地主阶层独揽大权，夜夜笙歌。在布宜诺斯艾利斯，富人区和贫民窟常常只有一街之隔，富丽堂皇的科隆大剧院和污秽不堪的博卡港红灯区离得也不算远。

1929年的经济危机席卷阿根廷，失业者和流浪者人数猛增，接连不断的罢工使国家陷入瘫痪状态，目无法纪的犯罪团伙在农村实施抢掠。庇隆对此十分不满。当时的领导人对人民的痛苦熟视无睹，腐败堕落，和商人勾结起来囤积居奇，一边喊着民主口号，一边在竞选中舞弊。整个30年代，人们的生活被鸦片烟馆、财务丑闻、酒精、毒品和持械抢劫包围。在这“臭名昭著的十年”的中期，豆蔻年华的艾薇塔来到布宜诺斯艾利斯，走上演艺之路。

纯朴的小姑娘常常被那些不知廉耻的制片人占便宜。愤怒的艾薇塔发誓，“绝不忘记，永不宽恕”。她希望有一天能铲除所有社会毒瘤，把那些和外国资本家勾结起来压榨本国平民的糖业大亨、畜牧业大佬送上断头台。艾薇塔比庇隆更狂热、更偏激。

① 白坚木，这种硬木被当地人形象地称为“砍断斧”（quebracho）。

1946年，他们登上权力顶峰，成为阿根廷的主宰者，还得到了教会、军人、民族主义者和无产阶级的支持。亮剑的时候到了。

9

庇隆夫妇希望彻底解放阿根廷，宣布进行工业革命，改变形象，建立平民政权。庇隆总统在电台痛陈社会顽疾。面对如痴如醉的大众，他挥舞双臂，夸夸其谈，承诺结束这种屈辱依附的状态，给人民带来好得近乎不真实的生活。总之，他就是救世主，庇隆的正义主义将会使阿根廷名留青史。

在政治人物里，庇隆第一个站出来挑战从殖民时期延续下来的农业社会。担任劳动部副部长时，他和工人阶层走得很近。他当选总统后，不少联合总工会的人进入政府。在总工会的支持下，庇隆总统开始改革公共服务事业。为了实现经济增长和自给自足，为了自尊和荣誉，庇隆步步为营，剥夺寡头集团的特权，通过国有化和集权化把铁路、电话和能源等战略产业从外国人手中夺回来。

艾薇塔则是如火如荼的现代化改革的代言人。这位穷人心中的圣母，穿着晚礼服接见工会代表，参观医院和工厂，为公路通车剪彩，向贫困人群发放假牙、缝纫机，不知疲倦地乘火车在全国活动，沿途向车窗外撒钱。她成立了帮助贫困人士特别是“无衬衫者”[1]的基金会。她还在海外宣讲庇隆主义，听众对她报以掌声和欢呼。1947年，在访问欧洲的“彩虹之旅”期间，她受到教皇和多位国家元首接见。

庇隆夫妇俨然成了上帝的意志和民众之间的调解员，他们巩固了民族主义和专权的新秩序，整肃大学、司法机构、媒体和公共管理部门；扩充情报部门，把那些穿米色华达呢和棕色西装制服的人员增加了三倍。庇隆高呼：“宁要草鞋，不要书本！”他革去博尔赫斯[2]布宜诺斯艾利斯市立图书馆馆长的职务，把他派去当家禽市场检查员。

庇隆思考着整个世界。人被一些互相矛盾、彼此牵制的欲望驱使，像绝尘而去的骑士，终生都在寻找天堂之路。历史是人类各种矛盾的记事本，资本主义把个体变成了微不足道的蝼蚁，剥削他，压制他。只有庇隆主义可以

---

① “无衬衫者”，或译为“不穿衬衣者”（法语是sans-chemise，西班牙语是descamisado），史学界对这一称呼的起源尚无定论。一种主流的说法是1945年10月17日，庇隆的拥护者在五月广场集会要求政府释放庇隆，当时天气炎热，他们脱掉了被汗水浸湿的衬衣；另一种说法认为这是泛指贫穷的工人阶层，他们也是庇隆的铁杆支持者。

② 博尔赫斯（1899—1986），阿根廷作家，获阿根廷国家文学奖、西班牙塞万提斯奖，代表作有《小径分岔的花园》《恶棍列传》等。

超越个人主义和集体主义。这种通俗易懂的信条很受欢迎，使人们在灵与肉、修道院和超市之间找到了平衡点。庇隆向人民保证，他将带领阿根廷这个信奉基督、民族主义和社会主义的国家走出马背上的时代。

10

骑在马背上的人[①]和“无衬衫者”都支持庇隆主义，然而这两种相互排斥的势力怎能和谐相处？格雷戈尔没有心思细究下去。现在他只想保命，给自己找条出路。

春回南半球，格雷戈尔不再四处闲逛。1949年9月中旬，他得到暂住证，在维森特·洛佩兹的街区找了一份木工活儿，于是搬去那里住，成了一对工程师父女的房客，三人挤在又小又脏的房子里。一天夜里，格雷戈尔被孩子痛苦的呻吟吵醒。孩子额头滚烫，面色惨白，身体抽搐。惊慌失措的父亲哀求格雷戈尔出门帮忙请个大夫，虽然他

① 作者把骑在马背上的高乔人比喻成半人马（centaure）。高乔人由印第安人和西班牙人长期结合而成，讲西班牙语，从事畜牧业，习惯在马背上生活。上节提到的“马背上的时代”可以理解为牧场经济时代，阿根廷以牛肉和奶制品贸易为主。庇隆进行的工业改革正是为了改变这种单一经济形态。

们不熟，说过的话加起来还不到三句。格雷戈尔贴到工程师耳边说他能治好孩子，但必须保证不告诉任何人，否则他就撒手不管，让他女儿死去；倘若事后告发，那就要当心点。

谁都不应该知道他是医生。在德国最好的大学读书的时候，他非常鄙视手工劳动者，现在他竟然接受安装地板、修缮房屋这样的工作。刚开始逃亡的时候，他就不得不适应繁重的体力劳动和他不愿意做的工作。在巴伐利亚的农场，格雷戈尔打扫马厩、砍树、锄地。他已经在布宜诺斯艾利斯生活了几个月，感到孤独抑郁，被恐惧包围，生怕走错一步，碰到会害他的人。他把自己封闭起来。每天走不同的路去上班。在街上，他经常会和一些说德语的人擦肩而过，却不敢停下来攀谈。冬天，在市区里闲逛时，他看到好几家德国餐馆，比如市中心的ABC，克拉梅尔街的橡树餐厅还有查卡里塔街区的奥拓餐厅。他很想进去吃一盘正宗的德国肘子，喝一杯苹果汁，但他不敢推开店门，就像他不敢公开说德语一样。格雷戈尔说话带有浓重的巴伐利亚口音。宣扬自由和秩序的德语月刊《道路》更不能碰。格雷戈尔唯一的安慰就是从巴勒莫酒店转来的信件。在泽德尔迈尔的帮助下，他和依琳还有家人保持着书信联系。通过一个邮政信箱，他给家人写了许多透着思乡之苦的信，然后他从泽德尔迈尔那儿得到家人的回信。德国这边一切都好，父亲告诉他，家里的农机厂生意不错，手推车和联合收割机都“十分走俏”。虽然德国还没有收拾好战争留下的残局，但经济已经开始复苏。父亲盼着他回来，只要那些“复仇心切的美国朋友不再找茬儿”，他就能重回家庭的怀抱，成为企业董事会的一员。他写道：“约瑟夫，别再自怨自艾。你曾在东方战线作战，你不是小孩子。耐心点，保持警惕，情况会好起来的。”

11

工程师和他的女儿都不在家，格雷戈尔锁好门，放上施特劳斯的歌剧唱片，迫不及待地拿出《道路》杂志来看。前一天在工地上，他突然犯头晕，手一松，榫锯掉到地上，自己也差点从几层楼高的木架上摔下来，幸亏身手敏捷的工头拉住了他。这次事故让他突然厌倦了这种死水般的生活，厌倦了苦等马勒布朗克这个幽灵人物。他跑去报刊亭，买下这份缅怀旧政府的杂志，迅速把它塞进外套里。

杂志里刊登的大多是诗歌、晦涩的散文，还有一些种族歧视和反犹文章，读起来会误以为第三帝国还没终结。格雷戈尔津津有味地读着德国佬的这些拙劣作品，其作者在战后大多被同盟国禁言。他还仔细阅读了最后几页的小广告，全是杂货店、饭馆、旅行社、律师事务所和书店的信息，原来在布宜诺斯艾利斯有一个德裔阿根廷人的圈子，这让他感到兴奋。也许他很快就能从自己的小洞穴里走出来，真正开启在布宜诺斯艾利斯的生活。

第二天，工地下班后，格雷戈尔去了丢勒出版社位于萨缅托大街542号的办公室，见到了负责人、《道路》杂志主编埃贝哈德·弗里奇。弗里奇隔着办公桌一边打量这个名叫格雷戈尔的党卫军上尉，一边听他讲军旅生涯，当然他没有完全说实话。1937年，他加入了纳粹党，在一个纳粹医生协会工作，一年后加入党卫军，在南蒂罗尔地区当过山地猎兵，后来自愿加入武装亲卫队，在波兰占领区人口和种族事务局工作。巴巴罗萨计划启动后，他跟随维京师去东部作战，转战乌克兰、高加索、顿河畔罗斯托夫、巴泰斯克，荣获一级铁十字勋章。格雷戈尔无比自豪地描述了自己如何从着火的坦克中救出两名士兵，提到自己后来被派到波兰的一个战俘营，但对奥斯威辛只字未提，然后他就开始感慨命运弄人，自己四处逃亡，挚爱的祖国被占领，在偌大的布宜诺斯艾利斯举目无亲，对戎装生涯无限怀念。他需要找人倾诉。

弗里奇点了一支烟，对倾诉者产生了一丝同情。他只去过一次德国，1935年，14岁那年，他在德国生活过一段时间，参加希特勒青年团集会的情景至今记忆犹新。他完全不敢相信同盟国对纳粹德国那些可怕的指控，认为那都是“犹太人编织的谣言”。他创立丢勒出版社，帮助像格雷戈尔一样的纳粹士兵。他向那些在欧洲被禁言、宣扬血统占领土地论的文人约稿，付给他们特殊而珍贵的报酬——在物资如此匮乏的年代，他用调味汤料、火腿罐头和可可粉代替稿酬。对于那些逃到拉普拉塔河畔的同志，他为他们提供聚集地和人际关系网。年轻的弗里奇告诉格雷戈尔，自己有“强大的社会关系”，他完全不用害怕，因为阿根廷和印度一样幅员辽阔，都是逃亡者的乐土，过去可以一笔勾销。没有人会问他从哪里来，为何而来，“阿根廷人对欧洲人的那些过节一点兴趣都没有，而且他们一直怨恨亲手把耶稣钉在十字架上的犹太人”。

弗里奇神采飞扬地告诉格雷戈尔，在布宜诺斯艾利斯的月亮公园，人们如何庆祝德奥合并，说，在战争期间，表面中立的阿根廷其实是纳粹德国在南美的桥头堡。德国人在这里洗白了几百万美元，然后换成外汇采购原材料。纳粹德国情报机构在布宜诺斯艾利斯设立了地区总站。“1943年年末，推翻玻利维亚亲美政府的行动就是在这里筹划的，这一年上台的庇隆和阿根廷军官都想和元首结盟。巴黎解放的时候，他们驱散在布宜诺斯艾利斯街头庆祝的人群，还阻止卓别林的《大独裁者》在阿根廷上映。当柏林被盟军攻陷时，庇隆禁止电台播出这条消息。我们本想建立一个支持纳粹的国家联盟来对抗美国，然而美国人逼着我们和德国断交，还要我们对德宣战。我们用尽各种方法抵制，但还是不得不在1945年冬天对德宣战。阿根廷是最后一个加入二战的国家……”

电话铃声突然响了，弗里奇只好中断谈话，让格雷戈尔先回去。

12

他真想一拳砸到这个灰蓝眼珠的小个子脸上，或者用锤子砸断他的手，他的手指，对，应该把弗里奇的指甲一片一片地拔出来，让他疼得跳起来。格雷戈尔在浴室里模拟这种可怕的场景，心里暗骂：“埃贝哈德，你这个该死的阿根廷人竟敢口出狂言？28岁的黄毛小子在德国待了两个星期就跟我说教？哦，对，那些可怕的指控，你说的那些可怕的事情真的发生过，德国就应该不计代价碾压那些破坏势力。战争不是儿戏，纳粹的精髓可不是希特勒青年团那些花拳绣腿的功夫，笨蛋！”格雷戈尔几乎要把手中攥着的牙膏捏烂，突然他冷静下来，因为他快要不能按时赶到工地了，他最不能容忍的就是迟到。

格雷戈尔越来越频繁地出入杂志社，那里是纳粹分子在布宜诺斯艾利斯的根据地。在那儿，他碰到了一些纳粹同僚，比如说约瑟夫·施万贝格。他在奥斯威辛就听说过这个人，此人为集中营源源不断地送来犹太人，身边带着一条随时能把人撕碎的恶犬。施万贝格同时负责几个劳工营，还在波兰清除了几个贫民窟。格雷戈尔还结识了专门在报纸上发表犹太共济会阴谋论，以前在巴尔干为希姆莱的秘密警察组织工作的赖因哈特·克普斯。格雷戈尔和威廉·萨森成了好朋友，萨森被弗里奇称为“《道路》杂志最优秀的作者、冉冉升起的巨匠”。他拜读过几篇萨森的文章，虽然这位新朋友总逼他喝威士忌，还是个烟不离手的烟鬼（格雷戈尔不抽烟），但是这个穿条纹西装、会说多国语言的荷兰人给他留下了不错的印象。从大学到奥斯威辛，他一向交友谨慎，从不跟普通党卫军士兵混在一起，只跟高官名流打交道，比如主任医师或者指挥官，因为他厌恶平庸。

这两个留着小胡子的男人经历相似。和格雷戈尔一样，萨森自愿加入荷兰的党卫军，在前线和苏联人打过仗。他随部队一直推进到高加索地区，在那里受了重伤。和格雷戈尔一样，他战后在荷兰被捕，原因是他在比利时电台帮第三帝国宣传造势。这个不折不扣的卖国贼本应在监狱里度过余生，然而他两次越狱，最后从爱尔兰的都柏林搭船来到阿根廷。

萨森十分欣赏这位新朋友，医生对古典文化造诣颇深，浑身散发着信念的力量。格雷戈尔向萨森透露了自己的真实身份，这是他到布宜诺斯艾利斯以后第一次向别人吐露真相。吸引他的是萨森潇洒的外表和口才，这两大优点先后给萨森带来了桃花运和金主，弗里奇不仅给他提供了丰厚的薪水，还给他准备了舒适的住处。这个狡猾的荷兰人只用了几个月时间就掌握了西班牙语，在阿根廷扎下了根。他的人脉关系让格雷戈尔惊叹不已，他答应一有机会就把格雷戈尔引荐给鲁德尔。对，大名鼎鼎的汉斯·乌尔里希·鲁德尔，德国空军的王牌飞行员，德国历史上授勋级别最高的飞行员（执行过2530次飞行任务，炸掉523辆坦克）。萨森偶尔帮他开车或者替他捉刀写些文章。他和一些头面人物都逃到了阿根廷，将来也许还能见到庇隆总统，因为总统“总是能为接见德国人腾出很多时间”。

13

庇隆从不曾忘记德国总参谋部的军官对他的教诲，那时候阿根廷士兵们还留着锅盖头，装备也只有毛瑟枪和克虏伯大炮。德军代表着派头、威严和纪律，年轻的庇隆为之倾倒，甚至围绕马祖里湖战役写过一篇论文。每晚临睡前，他一定要看克劳塞维茨、施里芬伯爵等普鲁士元帅的军事著作或者人民战争理论创立者戈尔茨的书。现在庇隆掌权了，他要在阿根廷推行德式国防。一切都要服务于国防建设。

庇隆一开始是对德国着迷。墨索里尼上台后，他把目光转向意大利。和同期暗中帮助法西斯和纳粹的人一样，庇隆对伊塔洛·巴尔博、弗朗西斯科·德·皮内多这种军功卓著的意大利飞行员颇有好感，这些胆识过人的飞行员成功飞越了大西洋，把罗马和拉美连接起来。庇隆常常用收音机听墨索里尼演讲，还去电影宫观看他的传记电影《领袖与人民》。墨索里尼在庇隆心中留下难以磨灭的印记，让他觉得原来天意指派的领导人可以拯救一个民族，让它在历史长河中重新迸发活力。

1939年，庇隆被派往意大利，他先是参加了法西斯军队提供的培训，后来在阿根廷驻意大利使馆担任武官。旅居意大利的两年，庇隆四处游历学习，记录所见所闻。他觉得自己身处法国大革命以来最重要的历史时期，真正的人民民主正在诞生。此时，墨索里尼用一个共同的目标——国家社会主义把分散的力量聚集起来。1940年6月10日，意大利对法国、英国宣战，领袖站在正对着威尼斯广场的阳台上演讲，蜂拥而至的民众听得如痴如醉，一身戎装的庇隆也在人群之中。

几个月前，庇隆去了柏林和东部前线，那时德国刚刚以闪电战占领波兰。他读过意大利语版和西班牙语版的《我的奋斗》，也很欣赏民族主义艺术家布莱克和托拉克的雕塑作品。德国之旅让他大开眼界——德国已经重新崛起，纳粹主义弥合了旧的伤疤，打造出欧洲罕见、性能卓越的国家机器。政府管理得当，国民工作努力。民众被希特勒的激烈言辞催了眠，历史就是舞台，人的意志无坚不摧，勇气和死亡使人更加强大，这也是里芬斯塔尔执导的电影《勃朗峰的暴风雪》和《白色沉醉》的主题，庇隆在德国朝圣时看过这两部影片。希特勒就像一座火山，迸发出的熔岩可以摧毁所到之处的一切。

回到阿根廷，庇隆对残酷的战争形成了一套独特的理解。法西斯意大利和纳粹德国提供了共产主义和资本主义之外的第三种路线，美国和苏联联手打压这股新生力量——轴心国，庇隆认为这是第一个由不结盟国家组成的联合体。

现在德国和意大利战败了，阿根廷将继续未竟的事业，庇隆要在墨索里尼和希特勒跌倒的地方站起来，而苏联人和美国人，他们迟早会互扔原子弹，同归于尽。阿根廷手里握着不少好牌，必将在“第三次世界大战”中获胜，眼下它最好在地球的另一端韬光养晦。庇隆一边等着冷战升级，一边实施庞大的“变废为宝”行动，他在战后欧洲的“垃圾箱”里翻找对他有用的人，他要和这些人类历史的残渣一起创造阿根廷历史。他向成千上万纳粹分子、法西斯分子、卖国贼敞开国门，他们曾经是士兵、工程师、科学家、技术人员和医生，这些战犯被阿根廷政府请来修建大坝，研发导弹、核反应堆，他们要把阿根廷打造成超级大国。

14

庇隆一直关注着大逃亡行动的进展。他在布宜诺斯艾利斯设立了情报办公室，鲁迪·弗莱德是这个特别机构的负责人，其父是纳粹银行家、丢勒出版社的投资人路德维希·弗莱德。1946年，庇隆在他的金援下赢得了总统大选。庇隆还把前党卫军上尉卡洛斯·福德纳这个蓝眼睛的奸佞小人派到欧洲各地，佛朗哥统治下的西班牙、瑞士、意大利的罗马和格雷戈尔登船的热那亚。弗莱德和福德纳共同制定逃跑方案和路线，协调秘密撤离行动，办理复杂的外交手续，收买官员、密探、为战犯提供赦免或者无罪证明的教士。与宣扬无神论的共产主义的终极对抗已经拉开序幕。

20世纪40年代末期，黑暗秩序的余孽纷纷逃到布宜诺斯艾利斯。德国纳粹分子、克罗地亚的乌斯塔沙分子、塞尔维亚的极端民族主义者、意大利法西斯分子、匈牙利箭十字党成员、罗马尼亚铁卫团成员、法国维希分子、比利时雷克斯运动支持者、西班牙长枪党成员、天主教原教旨主义者、刺客、刽子手、投机分子聚集到阿根廷首都，布宜诺斯艾利斯上空飘荡着第四帝国的幽灵。

庇隆对这些亡命之徒关怀备至。1949年7月，他大赦了所有以虚假身份入境的人，偶尔还在总统府玫瑰宫接见这些人。

这天夜里，他们中的头面人物要在一艘船上碰头。

12月份，入夜后的气温不低，没有月光，呼呼的北风吹荡着帆索。格雷戈尔跟着萨森，沿着游艇停靠的码头往前走。两人对虎背熊腰的保安说出了暗语——“半人马”，保安仔细搜查他们，身旁还有两个同样吨位的保安。之后，格雷戈尔和萨森登上法尔肯号。船舱里烟雾缭绕，只听到西班牙语和好几种中欧语言混杂在一起的声音。

丰满的女侍应送来饮料，萨森愉快地拿了一杯啤酒，格雷戈尔选择喝水。萨森对格雷戈尔说：“你的运气不错，今晚来的都是大人物。”说罢，他指了指蓄着山羊胡子戴墨镜的那位，“他叫安特·帕韦利奇，克罗地亚乌斯塔沙的头目”（手上沾着85万塞尔维亚人、犹太人和茨冈人的血），他的身边围着一群跟班；马赛前市长“西蒙·萨比雅尼”（在法国已经被缺席判死刑）及其“法国人民党的同伴”；独裁者的二儿子“维托利奥·墨索里尼”和法西斯党前总书记“卡洛·斯科尔扎”；“罗贝尔·班士曼”，法国阿里埃日省民兵组织的头目；里加屠夫“爱德华·罗希曼”（残害了3万拉脱维亚犹太人），“一如往常地微醺”；物理学家“罗纳德·里希特，总统身边的红人，他向庇隆许诺第一个完成核聚变试验，庇隆把巴塔哥尼亚湖上的一个岛交给他做实验”。鲁德尔还没来，不过他很快就会出现。

这些人，格雷戈尔几乎一个都不认识，除了克普斯、施万贝格还有和他们在舷窗边聊天的人。格雷戈尔在奥斯威辛见过几次穿高尔夫球裤的这位，他叫杰拉尔·博内，法务人员、安乐死T4项目（200万人被迫节育，6.8万名残障人士被送进毒气室）的行政主管。格雷戈尔正要上前跟他打招呼，人群突然安静下来。四个人爬上临时搭建的讲台，一位阿根廷上校，“福德纳和小弗莱德，守护我们的使者”，还有一个40来岁，穿着西服三件套、戴着领结的人，萨森笑着说出他的名字，“比利时娘娘腔皮埃尔·戴耶先生”，此君开始讲话。

几个月前，戴耶参加了民族主义力量中心在布宜诺斯艾利斯的成立仪式，这个中心聚集了比利时雷克斯运动支持者、法西斯分子、乌斯塔沙成员和俄国的布尔什维克主义者。组织的目标是为欧洲战犯争取“基督教的”赦免。“第三次世界大战”爆发在即，南美洲需要这些有经验的战士。

戴耶提到创世之初该隐杀害亚伯的故事，他说这就是最初的堕落，之后自相残杀的惨剧一直伴随着人类社会的发展。“卑劣的唯物主义传播到了世界各地，这是对上帝的大不敬，是我们的敌人，我们所有不幸的根源，”虔诚的天主教徒愤怒地申斥着，“我们要联合我们的家人去抗争。只要我们让纳粹主义和基督教融合，任何人任何事都不能阻止我们走向胜利。”台下响起了掌声、口哨声和欢呼声。心花怒放的戴耶继续以自己独特的鼻音喊道：“英明的庇隆总统让我们重获自由，他把这次融合视为自己的使命。我们要帮助阿根廷成为在南半球抗衡美国的力量。这是第一步，亲爱的朋友们。苏联人和美国人即将进行一场殊死较量。去年，封锁柏林就差点触发了他们的争斗。今天，世界各地的局势都愈发紧张。我们要耐心一点，未来属于我们，我们一定能重返欧洲……”

萨森突然挽住格雷戈尔的胳臂，叫他一起去甲板上认识“两位非常重要的朋友”。

一个矮胖的身影含糊地说：“我是鲁德尔上校。”

另一个人的声音更有亲和力：“我是马勒布朗克。”

杰拉尔·马勒布朗克终于出现了。

15

格雷戈尔时常幻想着登上一艘运送玉米和亚麻的货轮，驶向汉堡，那是一艘把他送回到依琳身边的大船。距离圣诞节还有一个星期，格雷戈尔坐在港口附近的餐厅给依琳写信。这封信全然不像他以往的风格。他从来没有告诉依琳自己多么爱她，也从来没有像现在这般渴望她的陪伴。他在脑海里反复回想两人昔日的甜蜜，缠绵悱恻的夜晚，在奥斯威辛度过的激情之夏，从前线回来休假时的温情圣诞夜。最后一次相聚是在深冬时节白雪覆盖的森林地区，格雷戈尔至今还记得散落在她金发上的雪花。他再次请求她来和自己一起生活，哀求她横渡大西洋。在回信里，依琳附了一张罗尔夫穿皮裤的照片，她用简短的话语祝他1950年新年快乐，还建议他养狗来对抗孤独。格雷戈尔居然很快就照做了，他买了一条狗，狗的名字叫海因里希·里昂。依琳在信中提到她在美国有个先辈，叫哈利·利翁，他便把这个名字德国化，变成海因里希·里昂。重大发现！格雷戈尔的宠物狗的名字和慕尼黑的缔造者、征服之王、巴伐利亚和萨克森公爵“狮子亨利”①发音一模一样。

从德国还传来了一个让他既震惊又开心的消息——弟弟卡尔在圣诞节去世了。卡尔只比他小16个月，他在心中一直暗恨着这个早产的弟弟。在一家开在佛罗里达街区的餐馆，他毫不避讳地坐在临街的露台座位上晒太阳，回想童年在那栋窗户小得像枪眼的大宅子里度过的时光。有一次，卡尔抢走了他的玩具小火车，母亲沃尔布加回家看到哭哭啼啼的卡尔，不由分说打了他一顿，还把他关进地

① 法语中“狮子”（lion）和人名“利翁”（Lyons）以及城市名“里昂”（Lyon）发音相同。

窖。每顿晚餐，卡尔总能得到最大最好的那一份。陪妈妈去甜点店的美差也是卡尔一人独享。约瑟夫曾经千万次诅咒这个混蛋，希望一场大火或者车祸把他带走；约瑟夫也曾千万次往多瑙河里扔石子，发泄心中的愤恨。现在，卡尔跟着沃尔布加入土了。

父亲在信里报告了弟弟的死讯，还告诉他协约国“越来越理智”。最近几个月，他们中止了对战犯的审判，一些纳粹分子在新成立的联邦政府的机构和工业项目中担任要职。“冷战让他们睁开了双眼，看清了谁是真正的敌人。而我们，约瑟夫，我们要做的就是忘掉战争，投身重建，向前走。阿登纳①这个老糊涂怎么领导国家，我们拭目以待吧。”

格雷戈尔悠闲地在佛罗里达街区转悠，他刚搬到马勒布朗克家里。在法尔肯号相遇后，两人又见过一次面，马勒布朗克为之前的不愉快连声道歉，说自己因为生意常常出差，在布宜诺斯艾利斯的时候，很少住佛罗里达街区的房子，大多数时间住在奥利沃斯②的别墅里，因为他太太更喜欢那边。看来格雷戈尔运气不好，给他打电话或者登门拜访的时候，他都不在家。当马勒布朗克提议让他搬

---

① 康拉德·阿登纳（1876—1967），联邦德国（西德）首任总理，在他的领导下，德国走出了二战战败的阴影，重新获得主权，并创造了“经济奇迹”。

② 奥利沃斯是布宜诺斯艾利斯近郊的富人区。

到自己家里来住的时候，格雷戈尔爽快地答应了。与其待在糟心的郊区小镇，不如赶紧住进这栋漂亮的别墅，这里有舒适的床、敞亮的房间，窗外有雅致的喷泉，各种小面包、鸡蛋，还有整天在厨房里忙碌的奥地利厨娘。

房子的主人马勒布朗克是个了不起的人，这个前纳粹特工是布宜诺斯艾利斯纳粹组织的顶梁柱，战争期间藏匿电台发射器、购买军火都是靠他。一些名流经常到他家做客，比如前外交部犹太事务司的高级外交官卡尔·克林根福斯，希姆莱的军士长、指挥家赫伯特·冯·卡拉扬的好友鲁道夫·冯·阿芬斯立本，此君在波兰被缺席判处死刑；还有希特勒的外交部部长的儿子康斯坦丁·冯·纽赖特。弗里奇和萨森时常会过来打扑克，他们还带来了热爱古典音乐和文学的建筑师弗雷德里科·哈泽。哈泽的一只眼睛上戴着眼罩，他对格雷戈尔有一种说不清的迷恋。

通过这些见不得人的关系网，格雷戈尔找到了在布宜诺斯艾利斯这座迷宫里的生存之道。

16

庇隆宣告“1950年是解放年”，并开始以阿根廷独立之父圣马丁的继承人自居。

6月25日，朝鲜战争爆发。

7月14日，阿道夫·艾希曼[1]也逃到了布宜诺斯艾利斯，化名里卡多·克莱门特。

他很快就离开了首都，福德纳给他在图库曼省的国营水电设备厂安排了一份工作。

17

新认识的同志里，格雷戈尔最欣赏鲁德尔。东部战线的雄鹰一直是苏联军队的心腹大患，斯大林曾经悬赏10万卢布要取他的人头。他被击落过32次，但每次都能安然脱身，返回德军阵营。1945年2月他在执行任务时被防空弹击中，一条腿截肢。两个月后，他又回到斯图卡[2]上，到5月8日投降前这段时间，他还干掉了26辆苏军的坦克。

他向格雷戈尔展示过希特勒亲自为他佩戴的金橡树叶双剑钻石骑士十字勋章，格雷戈尔像孩子一样，崇拜地看着最高勋章的唯一获得者，心中感叹：“鲁德尔绝对是优

① 阿道夫·艾希曼（1906—1962），纳粹德国高官，犹太人大屠杀的“最终解决方案”的主要执行者。

② 斯图卡俯冲式轰炸机，世界上第一架具备专业反坦克能力的作战飞机。

等人种。”虽然一条腿是假肢，鲁德尔仍然打网球，甚至登上了美洲最高峰阿空加瓜山。他是格雷戈尔仰慕的条顿骑士团的后人。十六七岁那年夏至日的篝火晚会上，作为保守民族主义党团大德意志青年运动的地区负责人，格雷戈尔绘声绘色地向同学们讲述条顿骑士团的丰功伟绩。在格雷戈尔眼中，鲁德尔就是德意志战魂的化身。格雷戈尔的履历没有那么光鲜，他只不过是个党卫军上尉，虽然如此，鲁德尔似乎很看重他，每次来布宜诺斯艾利斯都会约他在ABC餐厅聚一聚。

每次聚会，两人都会聊很长时间。他们都不喝酒，习惯理性分析，都被感情折磨，鲁德尔的夫人在他逃亡阿根廷前就跟他离婚了。两人对历史也有相同的看法，都认为年轻时经历的魏玛共和国堕落不堪，必将走向灭亡，认为1918年德国被别的国家在背后捅了一刀。他们都愿意为德国人民、德意志血统奉献自己的一切。一切都是抗争的结果，因为优胜劣汰是历史的铁律。经过种族净化、训练有素的德意志民族绝对是世界霸主。

和这位传奇飞行员促膝长谈时，格雷戈尔对自己的过往毫不避讳，说自己曾经是生物领域的战士。门格勒摘掉了格雷戈尔的面具。他是医生，负责维护雅利安种族的健康，保护战斗人员。在奥斯威辛，他的工作是防止内部分裂，打击内患、同性恋者和反社会者；至于犹太人，几千年来，他们寄生在优秀的北欧人种当中，必须穷尽手段把他们彻底铲除。他的内心充满了正义感，为了完成党卫军交给他的使命，他把所有的精力投入到雅利安血统净化和提升的工作中。

格雷戈尔对鲁德尔着迷的另一个原因，是他在阿根廷取得了成功。作为庇隆总统的顾问，鲁德尔和逃到阿根廷的德国航空天才库尔特·谭克一起研发南美第一架喷气式战斗机“箭”。庇隆还十分慷慨地给了他进口许可，这样一来，他就成了阿根廷空军和德国工业巨头戴姆勒-奔驰、西门子、道尼尔的中间商，在这门生意中赚得盆满钵满。鲁德尔行动自由，经常往返于欧洲和南美之间，在“敖德萨”“船闸”和“蜘蛛”这些协助纳粹战犯逃亡的组织里，他算是核心人物。他和冯·纽赖特创立了“同志会”，向那些在德国受刑的纳粹同僚寄送包裹，支付他们的律师费。鲁德尔可以称得上是纳粹流亡分子的大统领。

鲁德尔把格雷戈尔置于自己的羽翼之下，保护起来，这是纳粹的财产，任何人都不能染指。

说到著名的纳粹财产，布宜诺斯艾利斯流传着一些近乎疯狂的传言。一种说法是战争快结束的时候，希特勒的秘书马丁·鲍曼多次调遣飞机、潜艇前往阿根廷，里面装满了从犹太人身上和家中搜刮的金银珠宝和艺术品。这个行动的代号叫“地火”，鲁德尔可能就驾驶过其中的一架飞机。这些赃物分散存在埃娃·杜阿尔特名下的几个账户里。她与庇隆结婚后，庇隆可能动用了这笔纳粹财产资助夫人的基金会。最近，两个银行家暴尸布宜诺斯艾利斯街头，他们被怀疑是这些不义之财的监管人。

“在阿根廷一切皆有可能。”鲁德尔对格雷戈尔说，“你知道我的格言是什么吗？自弃者，人弃之。”

18

格雷戈尔不再缩手缩脚，他与一直资助他的父亲还有泽德尔迈尔商量后，决定代理家族企业在阿根廷的业务，他要调查整个南美大陆对农机产品的需求。鲁德尔很支持他，用私人飞机带他去了巴拉圭，希望促成合作。巴拉圭有很多德国农场主，第一批在巴拉圭经营农场的德国人当中有哲学家尼采的妹妹伊丽莎白·尼采，这个狂热的反犹人士经营一家名叫“新日耳曼尼亚”的农场。这个国家的东南部到处都是肥沃的草场。门格勒牌手推车、联合收割机、施肥机一定会供不应求。在这里开展业务也很安全，鲁德尔有很多熟人，这些人于1927年在比亚里卡[1]成立了德国本土以外的第一个纳粹党。

萨森也记挂着这位医生朋友，他提供了一些临时性

---

① 比亚里卡是巴拉圭东南部省份瓜伊拉省的首府。

的工作，这种工作虽然有一定难度，但格雷戈尔完全可以胜任，而且报酬不菲。工作内容是给一些年轻放纵的富家女堕胎，这样她们身上的罪孽在布宜诺斯艾利斯就能处理掉，而不用去遥远的地方生下孩子然后交给孤儿院。阿根廷天主教势力强大，堕胎是重罪，然而格雷戈尔还是进入地下医疗市场。住进马勒布朗克家后，他取回了那只装满了标本和医疗器械（手术刀、各种刀片、钳子）的手提箱。替名门望族消灾，这种差事怎能拒绝？这么多年来，他的手一直在干农民和搬运工的粗活儿，这双手已经技痒难耐，现在终于可以重新做那些与医学相关的工作了。

1950年年末，布宜诺斯艾利斯的法西斯分子陷入亢奋状态。朝鲜半岛战事不断升级，美国总统杜鲁门承诺，穷尽美军弹药也要顶住北方势力南下。麦克阿瑟将军在黄海和日本海建立锁链，阻止中国和苏联参战。“第三次世界大战”一触即发，庇隆密切关注着电传里的信息，随时准备参战。

庇隆描绘的帝国梦正在实现，与此同时，格雷戈尔和新朋友们过上了锦衣玉食的生活。他和建筑师朋友哈泽穿着锃亮的靴子，擦上闪亮的发蜡，出入克列孟梭眼中世界最美的剧院——科隆大剧院，欣赏瓦格纳的《特里斯坦与伊索尔德》、比才的《卡门》。在两顿精致的牛排大餐之间，两人在托尔托尼、卡斯特拉尔这种精品咖啡馆分享彼此对德国古典音乐的喜爱。这两个古典音乐爱好者认为经典能使人的各种感官得到享受，让人的灵魂得到升华。萨森偏好墨西哥流行音乐，时常拉着格雷戈尔和弗里奇去酒吧还有位于奥利沃斯的、演艺界人士常去的“方塔肖”舞厅。在这个欢场，三人“各司其职”——弗里奇负责埋单；格雷戈尔看美女，他特别喜欢深色头发的美女；萨森喝酒跳舞，跟各色女子眉来眼去、搂搂抱抱，他的妻女则被他遗弃在家里。每周三和周六，格雷戈尔都会去科连特斯大道上的一家入会门槛很高的俱乐部。那是萨森给他的建议。每周两次，他去那儿找“挤奶人”，也就是口交妓女。格雷戈尔跟这些性格柔顺的妓女制定了交易规则：除了生殖器，哪儿都不许碰，没有亲吻，没有亲密举动。交易程序就是付钱、射精、走人。

进入盛夏，每逢周末，他们就离开布宜诺斯艾利斯，去鲁德尔的朋友迪特尔·门格家避暑。这个靠倒卖废铁发家的退役飞行员在潘帕斯草原买了一个大庄园，庄园四周是高大的桉树和金合欢树。大花园里立着希特勒的半身像，游泳池底还有纳粹万字符的图案。在门格的庄园里，每次聚会都会持续到深夜，空气清新，参与者因为军旅生涯、浴火重生的经历和信念凝在一起。这些纳粹分子穿着衬衣，喝着啤酒、烧酒，吃着烤牛排、烤乳猪，打着饱嗝，谈论着遥远的祖国和战事。格雷戈尔并不健谈，萨森对这些话题倒是游刃有余，兴致勃勃地模拟枪林弹雨的场面，让人们回忆起炮火四起的战场、士兵们污黑的面孔

格雷戈尔与友人

还有斯大林麾下穿着破烂军装的西伯利亚军团。每年4月20日，门格和这帮朋友都要举行烛光游行，庆祝元首的冥寿。鲁德尔偶尔会带一些刚刚逃到这块安逸之地的纳粹分子过来，比如戈培尔的密友威尔弗雷德·冯·奥芬。一些在布宜诺斯艾利斯中转的权贵偶尔也会在这里出现，比如成功营救了墨索里尼的“刀疤脸”奥托·斯科尔兹内。盟军登陆意大利南部后，墨索里尼被囚禁在阿布鲁佐山区，行动前注射甲基安非他命壮胆的斯科尔兹内用滑翔机把他解救出来。战后他摇身一变，做起军火买卖。在欧洲进行“彩虹之旅”时，庇隆夫人和他在西班牙有过一面之缘，他就炫耀说她被他迷住了，“砰砰，庇隆夫人这个圣母婊”。弗里奇发出嗤嗤的笑声，萨森举杯邀请大家，敬第三帝国和纳粹分子的温柔乡阿根廷。

1951年3月的一天，门格把这帮人约到庄园，鲁德尔、马勒布朗克、弗里奇、博内、萨森、哈泽都来了，他们是来给格雷戈尔庆祝40岁生日的。他们为寿星准备了一份厚礼——丢勒[1]的传世之作，版画《骑士、死神和魔鬼》。

19

远东军最高司令麦克阿瑟被撤职，南北朝鲜划界而治。庇隆对此愤怒不已，走出马背上的时代和“第三次世界大战”的宏伟计划要推迟了。他的雄心壮志只能简化成连任总统。于是他开始加强管控，禁止诽谤当局，主要报纸一律接受审查，《新闻报》被关闭没收后变成联合总工会的机关报。军人数量翻倍，政治宣传增强，异见人士被关进监狱，一些议员不得不去乌拉圭首都蒙得维的亚避难。为了确保胜选，庇隆还打起了夫人牌，他提议在下一个总统任期，让他的夫人担任副总统。

劳动部门口每天都有很多人排着长队等着见艾薇塔，

① 丢勒（1471—1528），德国画家。他的作品中以版画最具影响力，代表作有《启示录》《基督大难》《骑士、死神和魔鬼》等。

她那个经费不断扩充的基金会门口也是同样的情景。人们争着上去和她说话，哪怕和她对视一下也好。握住她的手就像触摸到了耶稣或者最慷慨大方的女神。艾薇塔从未向阿根廷穷苦大众捐过这么多住宅公寓、药品和衣物。她也从未像现在这般忘我工作，仿佛自己时日无多，她几乎不睡觉，出席各种场合，仿佛庇隆的政权快要保不住了，她藏起锋芒，筹划建立一个由她支付军饷的私人部队。

布宜诺斯艾利斯的大街小巷贴满了她的头像。七九大道和独立尖塔上挂满了支持庇隆夫妇的横幅，横幅上写着“庇隆和埃娃·庇隆，祖国的最佳组合”。

1951年8月22日，成千上万的阿根廷人涌向世界上最宽阔的大街，他们的衣服上贴着庇隆夫妇的照片，这对伉俪要正式宣布竞选下届总统。鲁德尔和格雷戈尔也卷入了人民的汪洋大海，两人眯着眼睛望向总统府的露台，头发锃亮的庇隆总统志得意满，双手交叉在胸前。突然，人群中爆发出热烈的掌声，艾薇塔出现了。她向支持者飞吻，有的人激动得跪在地上，热泪纵横，有的站在附近的露台上撒彩纸。广场就像一个挤满了球迷的球场，彩旗飘扬，烟花四射，人们挥舞着手帕向登场的女神致敬。

当总工会的秘书长要支持者喊出副总统候选人的名字时，艾薇塔钻到了庇隆总统的怀里，支支吾吾地请求给她四天时间考虑。底下的支持者十分沮丧，发出低沉的抱怨。艾薇塔随即改口，“那就一天？”支持者顿足反对。

艾薇塔只好说，“那就几个小时？”这也不行。整整十八分钟，支持者高喊着她的名字和“马上，马上”。艾薇塔哭得梨花带雨，她宣布将在晚间通过电台宣布决定。

鲁德尔和格雷戈尔要走了，这场闹剧实在冗长。各种鼓声汇聚在一起，简直可以震破耳膜。和他们挤在一起的黑奴和郊区工人让他们作呕。希特勒统治德国时，这种杂耍似的集会是绝不可能出现的。两个纳粹分子都觉得，这种集会和庇隆华而不实的专制政权十分相称。至于阿根廷人，“这些心理剧中的国王们只知道服从命令，却不知如何付诸行动。不会服从的人永远不知道如何指挥。”

两人费了半天劲才从人群中挣脱出来。鲁德尔告诉格雷戈尔一个绝密消息——艾薇塔生病了，而且病得很厉害。“如果这是真的，那我们的朋友就要完蛋了。”

庇隆派提出的正义主义没有兑现承诺。布宜诺斯艾利斯市中心的人行道依然是坑坑洼洼的；火车依然不能准点运行；庇隆花钱如流水，最后入不敷出；在巴塔哥尼亚的核电实验室，里希特骗来了数百万比索的投资，至今还没发出一度电；阿根廷经济步履蹒跚，只能生产一些无关紧要的东西。鲁德尔和格雷戈尔认为这是基督教的负面影响，庇隆本应果断行事，但他仍然受困于犹太基督教的各种荒唐原则，还有同情和悲悯的情绪，而纳粹早就抛弃了所有感性主义的东西。

格雷戈尔看不起庇隆身边这些天主教法西斯分子，这些无能之辈就像没有牙齿的老虎，比如爱吹牛的戴耶，他自称和希特勒、伊朗国王都喝过茶。他的国际民众大联合就是纸上谈兵，他的“第三次世界大战”理论如同儿戏。现在，戴耶只好写回忆录排遣抑郁，墨索里尼的儿子投身纺织业，马赛前市长萨比雅尼借酒浇愁。几个星期前从法国传来贝当[①]元帅去世的消息，他们一起去布宜诺斯艾利斯大教堂为他守夜。

这帮人算是完了。他们沉湎于过去，而布宜诺斯艾利斯的纳粹看重的是未来。

德国。

20

他们的宏伟目标是重返德国，重新掌权。丢勒爱好者不相信同盟国强加给德国的“民主”。他们深爱的祖国不可能像童话故事里的情节，被魔法棒轻轻一碰就发生变化。他们密切跟踪德国的新闻，然后在自办的杂志上评论。虽然有内容审查和各种禁令，这本杂志的销量还是节节攀升。他们知道德国同胞还怀念魏玛帝国和早期的第三

① 亨利·菲利浦·贝当（1856—1951），法国元帅，维希政府元首，曾默许实行法西斯统治，集民族英雄和叛国罪于一身。

帝国，不相信集中营里发生的那些“惨绝人寰的事情”，抱怨纽伦堡审判是战胜国报复德国。德国人并不反对纳粹主义，他们对这一点深信不疑。难道第三帝国和对外侵略不是德国人自己投票通过的吗？还有对元首的膜拜？格雷戈尔告诉弗里奇、萨森和鲁德尔，30年代，高校老师和医生都狂热地支持纳粹主义。对他们来说，摆脱那些老掉牙的人文主义者简直是再好不过的事情，他们渴望激进的变革。社会达尔文主义和种族卫生学被各阶层广泛接受。工业巨头在劳工营里强迫战俘劳动，在实验室里把人当成小白鼠，把死人嘴里的金牙抠出来汇总，逐月存进帝国银行，这些都是自然而然的事情。

每个人都从这个体制里受益，直到战争末期一切被摧毁。犹太人跪在大街上清扫人行道的时候，没有人提出质疑；当他们某天突然消失的时候，没有人过问过一句。要不是全世界都结盟反对德国，纳粹现在肯定还在台上。

丢勒爱好者相信纳粹必将复活。虽然他们在世界的另一头开始了充满小资情调的新生活，但他们不甘心庸庸碌碌，忙着各自的生意，养着小情人。德国战败中止了他们原本如闪电般上升的生涯，弗里奇、萨森、鲁德尔都是30多岁，他们决定继续战斗，且要尽快采取行动，因为祖国正在危难之中，总理阿登纳要把联邦德国卖给美国人，加入西方阵营，而东德已经被苏联人抢走了。

他们也在犹豫。身在阿根廷，他们很难评估形势，也很难运作。是不是应该建一个流亡政府？要不要在德国煽动一场革命？通过政变推翻阿登纳？阴谋家们决定走希特勒二十年前走过的老路——进入政治舞台，拉帮结派，用大选赢得政权。1953年9月将举行联邦选举，鲁德尔是候选人，德国人还没有忘记他的丰功伟绩。

1952年夏，这位飞行员回到德国，和新纳粹主义政党帝国社会党商谈合作。时局的变化似乎对丢勒爱好者很有利，朝着他们描绘的蓝图前进。9月份，德国爆发了一桩丑闻，鲁德尔口中的“拉比[①]阿登纳”在《卢森堡条约》中承认了德国的罪行，承诺联邦德国将向以色列和犹太人支付数十亿美元的赔偿。一个月后，阿登纳禁止了帝国社会党。鲁德尔赶回布宜诺斯艾利斯和朋友们商量对策，然后又迅速回到德国。这一次，他得到了奉行保守民族主义的帝国党的提名。然而，丢勒爱好者也有搞错的时候，毕竟他们对德国经济复苏缺乏了解，比起缅怀纳粹，德国人更愿意去意大利度假。当年，他们见风使舵追随侍奉第三帝国，现在同样的机会主义驱使他们拥抱民主。德国人就是软骨头，帝国党在1953年的选举中铩羽而归，在议会里一个席位也没拿到。

① 拉比（Rabbi）是犹太人中的一个特别阶层，主要为有学问的学者，是老师，也是智者的象征。

21

挚友鲁德尔败北的消息传来时，格雷戈尔正惬意地躺在棕色真皮沙发上吃杏仁糖。几个月前，他搬进了市中心塔瓜里街431号三楼的豪华公寓。在丢勒爱好者圈子里，他只负责提供建议，远远地看着他们做那些肮脏事。格雷戈尔并不是政治动物。从孩提时起，他对祖国的热爱和对纳粹的忠诚，只不过是一种伪装，都是为了一己私利。从始至终，他关心的只有他自己，他也只爱他自己。对于精明的格雷戈尔来说，1953年年末，一切都很顺利，甚至可以说是越来越好。他得到了同伴的尊重，生意也十分红火，这是最重要的事。管它阿根廷是不是还在为死于宫颈癌的艾薇塔哭泣！管它阿根廷要不要沉沦下去！管他德国总理阿登纳是不是给流亡海外的老朋友的企业使绊子！反正格雷戈尔可以边挣钱边享受生活。

在家族源源不断的经济支援下，他开了一家木材加工厂和一家家具厂，还继续帮人非法堕胎，在查科省和圣菲省推销结实耐用的门格勒农机产品。随着家族生意在南美铺开，家族成员也纷纷到访布宜诺斯艾利斯，先是弟弟阿洛伊斯和他的太太。好友泽德尔迈尔也来过好几次，即将到访的是老卡尔，狡猾得令人生畏的家族长老。1933年5月，他恰逢其时地加入纳粹，现在又以无党派人士的身份当选金茨堡副市长。父亲的到来让格雷戈尔坐立难安，父亲总是怨他娶了个荡妇，指责他不肯加入蒸蒸日上的家族企业。老卡尔去拜访长子的时候，由他白手创立的企业已经成为雇有600多名员工的大公司。

在格雷戈尔的寓所，老卡尔在丢勒的版画前驻足多时，还摸了摸海因里希·里昂的脑袋，扔下一句“训练有素的狗”的评价。没有任何有温度的交流和情感的抒发。老卡尔只效忠自己，不论是在布宜诺斯艾利斯还是在金茨堡，这个颇有骑士精神的工业家把所有精力都放在生意上。在拜访阿根廷商人的时候，格雷戈尔一直担任他的翻译，不过他从不说明他俩之间的父子关系。格雷戈尔非常自豪地把他引荐给一些位高权重的朋友，例如外交部犹太事务司的前高官、德阿商会的重量级人物克林根福斯，还有刚刚当上西门子阿根廷分公司总经理的冯·纽赖特。卡尔还与燃气灶厨具企业奥比斯建立了合作关系，这家市场前景广阔的企业属于罗贝托·梅梯格，来自德累斯顿的纳粹分子。梅梯格只雇佣德国人，他的爱国热情和经营有方让门格勒家的长老十分着迷。分别之际，父子俩约定尽快再见，也许下一次就在欧洲，谁知道呢？

门格勒家族瞄准了另一片热土——巴拉圭。在父亲的授意下，格雷戈尔把越来越多的时间放在了这个国家，此时，鲁德尔也在这里攀登尤耶亚科火山，缓解败选之痛。古典音乐迷哈泽也定居于此，此前他娶了巴拉圭财政部部长斯特罗斯纳将军的女儿。1954年5月，将军通过政变成为总统。

格雷戈尔带着狗和农机产品目录走遍了这个南美洲的内陆国家，足迹遍布生机盎然的农村、棕榈树林、光秃秃的查科高原还有马黛茶和棉花种植园。他拜访牧场主、门诺派[1]教徒聚集区和信奉纳粹的“新日耳曼尼亚”农场创始人的后人。此前，他已经在巴拉圭全境建立了良好的社会关系。哈泽把他介绍给了巴拉圭纳粹青年团的前领导人沃纳·荣格，鲁德尔让他和斯特罗斯纳将军的亲密战友亚历山大·冯·埃克斯坦成为朋友。冯·埃克斯坦是来自波罗的海那边的流亡贵族，他和斯特罗斯纳在30年代的查科战争中表现突出，打败了玻利维亚人。查科是巴拉圭和玻利维亚交接的沙漠地带，这场战争无比荒唐，军队高层声称这里蕴藏着石油，实际上一滴油都没开采出来。

格雷戈尔觉得如果阿根廷出现政权更迭，巴拉圭将是一个不错的避难所。1953年4月，庇隆总统差点被人暗杀身亡。此时，阿根廷经济形势急转直下，物价飞涨，冶金工人走上街头抗议，各行业大规模减薪。领袖就像一个开玩具飞机的孩子，由着性子操控国家经济。艾薇塔死后，他彻底失去了方向，下令把艾薇塔的遗体进行防腐处理。

---

① 门诺派是基督新教中一个福音主义派别，因其创建者荷兰人门诺·西门斯（1496—1561）得名。

在奥利沃斯的总统官邸，他饮食无度，顿顿吃酥皮大饺子，还招蜂引蝶，把年轻小姑娘召到官邸，亲自教她们骑小摩托车。他的新伴侣奈丽当时只有13岁，在她表现好的时候，他就让她佩戴艾薇塔的首饰。媒体爆料说他和意大利演员吉娜·劳洛勃丽吉达有一腿。教会对总统的荒淫无度不闻不问，老百姓已经开始用“胖子”的绰号称呼他。

格雷戈尔亲眼见证了庇隆的变化，他的眼袋很大。萨森和鲁德尔为了兑现承诺，带格雷戈尔拜会过一次庇隆总统。会面十分短暂，总统一直心不在焉。三个纳粹分子满眼期待地看着他，他却在逗宠物狗。他和格雷戈尔说了几句话，告诉格雷戈尔，他爷爷是医生，本来他也要学医，不过为了阿根廷人民的福祉，上帝之手把他送进了军事学校。不一会儿，庇隆大手一挥把他们打发走了，因为他的新朋友、美国江湖郎中汤米教友来了。

22

格雷戈尔穿戴考究，风趣开朗，在布宜诺斯艾利斯的德国人圈里名誉甚佳。这位公认的高级知识分子谈吐不俗，经常引用费希特和歌德这样的大哲学家的名言。女士们对他近乎仪式般的礼数和文化涵养赞不绝口。在这个圈子里，只有一个人无视他的魅力。他和此人相识于ABC餐厅，当时，格雷戈尔在自己常用的饰有巴伐利亚徽章的包厢里吃午饭。萨森带了个人过来和他认识。跟这个穿着怪异的秃头打招呼的时候，他就知道他们俩不是一路人。这个名叫里卡多·克莱门特的人手心是潮的，脸上斜挂着一副厚厚的眼镜片，然而这也不能掩饰他斜眼看人的目光。

这一天，萨森没有拐弯抹角，直接说明了两人的真实身份。“阿道夫·艾希曼，我向您介绍约瑟夫·门格勒。”“约瑟夫·门格勒，这是阿道夫·艾希曼。”对于艾希曼来说，门格勒只是个无名小卒。屠杀犹太人的策划者见过无数个上尉、党卫军医生。在他眼中，门格勒是低层的执行者，一只蝼蚁罢了。他毫不掩饰对低层纳粹的不屑，初次见面就炫耀自己如何进入第三帝国的权力顶峰，强调自己肩负的重任和权力，“所有人都知道我是谁！为了自保，最富有的犹太人都来跪舔我的脚。”

逃到阿根廷之前，艾希曼也曾藏身位于德国北部的农场。他做过伐木工，养过鸡。到阿根廷以后，他去了庇隆总统在图库曼省创建的国营工厂，管理一组土地测量员和勘探员。这个工厂一方面是为了“漂白”纳粹分子的身份，另一方面是为日后修建水电厂做准备。1953年，工厂倒闭了，艾希曼带着夫人和三个儿子来到布宜诺斯艾利斯，住在近郊奥利沃斯的查卡布科大街。

格雷戈尔尽量躲着克莱门特一家。1954年年初，他也搬到奥利沃斯，住在萨尔米恩托大街1875号的一栋摩尔式花园洋房里。这样一来，他经常能碰到这家人，特别是那几个男孩子，他们总是穿着奇装异服，像节日里盛装出行的高乔人①。艾希曼常常受邀参加法尔肯号上的秘密会议和门格家的聚会，阿根廷的纳粹圈子仿佛被这个作恶多端的怪物给迷住了。他向萨森吹嘘自己和希姆莱、戈林、海德里希很熟。无论在哪个纳粹圈子，他都会自我陶醉，拉几段小提琴，像是入戏极深。他自称大法官、犹太人的沙皇，是耶路撒冷大穆夫提②的朋友。配有司机的公务车载着他为所欲为，令整个欧洲颤抖。部长们或跟在他屁股后面转，或毕恭毕敬地给他让道。他还品尝过布达佩斯的顶级美色。聚会临近尾声时，他向崇拜者们送上签名照，上面写着"阿道夫·艾希曼，退伍的党卫队一级突击大队长"。

格雷戈尔看不惯艾希曼追逐名望，到阿根廷以后，他一直小心谨慎，只向几个好友透露了自己的真实身份和在奥斯威辛的行动。对其他人，他都是泛泛地描述自己的经历，军医、德国人、到"新世界"改变命运。每见一次艾希曼，格雷戈尔对这个出身会计家庭、没读完高中、没上过前线、没教养的失败商人的蔑视就会加深一分。艾希

① 拉丁美洲民族之一，分布在潘帕斯草原和乌拉圭草原。

② 穆夫提在阿拉伯语里的意思是"教法解说人"，是伊斯兰教的一种教职。

曼是个可怜虫、窝囊废，他在奥利沃斯开的洗衣店都倒闭了，嫉妒格雷戈尔的一切，漂亮的花园洋房、单身生活和崭新的德国宝沃跑车。

艾希曼对格雷戈尔的评价也好不到哪儿去。格雷戈尔也好，门格勒也罢，不过是躲在爸爸身后的乖儿子，只会在海边晒太阳吹风的绣花枕头。

23

格雷戈尔从相框里抽出依琳的照片，靠在窗边把它点着，不一会儿照片就变成飞灰，随风飘散在布宜诺斯艾利斯温润的空气中。为了能和弗莱堡鞋商结婚，依琳坚持要和他完成离婚手续。格雷戈尔打电话给哈泽和鲁德尔，他需要一名出色的阿根廷律师，负责与金茨堡的律师对接。对他来说，钱不是问题，他需要的是增加中间人，或者说防火墙。至于前妻，他不会分给她半点好处。1954年3月25日，离婚协议在杜塞尔多夫生效。

老卡尔在给他的信中冷冷地写道："这是个好消息。你帮我们摆脱了这个坏女人。你再也不用惦记和她破镜重圆。在你这种年纪，还抱着这种想法，简直有失体面。"门格勒家族长老对离婚协议十分满意，他随即想出一个

“一石三鸟”的计划，他最亲爱的工厂、约瑟夫和另一个让他费心的女人都能从中受益。这个女人就是小卡尔的遗孀玛莎，她继承了丈夫在家族企业里的股份。最近，玛莎在和一个男的谈恋爱。老卡尔担心她再婚以后就会有外人进入家族企业的董事会，因此提议让约瑟夫娶玛莎，这样企业就能牢牢地控制在门格勒家族手中。他还让约瑟夫在婚后把自己的股份转给玛莎，万一约瑟夫被起诉，企业也不会陷入瘫痪。以后不管发生什么事，约瑟夫都可以通过玛莎在董事会传达自己的决定。

格雷戈尔躺在花园的躺椅上，一边赞叹父亲的天才计划，一边为迎娶弟媳欣喜若狂，因为他讨厌这个弟弟，而且再婚的消息一定会让依琳生气，更何况再婚的对象是和她不对付的玛莎。

老卡尔建议约瑟夫来瑞士阿尔卑斯山区和弟媳见一面，“你可以用假身份办个阿根廷护照。你在布宜诺斯艾利斯认识那么多人，这不是什么难事儿。你用这个护照过来，我负责说服玛莎。机票、旅行、交通这些事情都由我负责。我还会安排罗尔夫跟她一起去。是时候让你见见你的儿子了。”

24

1955年春，格雷戈尔开始办假护照。虽然他有门路，有大把的美元疏通关系，办这些手续还是需要花费很长时间。庇隆式的官僚主义就像一个走不出的迷宫，格雷戈尔这种没有居留证的人必须搜集各种材料（推荐信、担保、无犯罪记录、证明材料）才能申请外国人护照。手续办了差不多一年时间，其间阿根廷陷入暴力冲突和反革命的浪潮中。

1955年6月15日，反对庇隆的军人驾机向总统府和五月广场投掷炸弹，庇隆躲过了这次政变，但是距离下台也不远了。教会走到了他的对立面，为所有反对派提供庇护。此前庇隆得罪了教会，他取消了对教会学校的补贴，将离婚和卖淫合法化，在汤米教友的影响下，他鼓励其他宗教团体发展壮大，关押了一些教士，随后教会开除了他的教籍。庇隆的支持者蓄意破坏了一些教堂的设施，还高喊着："我们要庇隆，不要神甫！"庇隆的支持者和反对者轮流上街示威，南半球的冬季陷入了混乱和无政府状态。"胖子"庇隆发誓要为所有遇害的庇隆主义者报仇，要用五命抵一命。9月，格雷戈尔终于办好了无犯罪证明。此时，关于政变的传闻尘嚣四起，科尔多瓦和巴伊亚·布兰科港爆发叛乱。16日，海军封锁布宜诺斯艾利斯，威胁轰炸炼油厂。政变发起者之间用“上帝是公平的”作为接头暗号。

阿根廷陷入内战边缘，庇隆只得辞职。他烧掉对他有致命威胁的文件，免得像他的“导师”墨索里尼那样暴尸街头，然后登上一艘巴拉圭炮舰，到邻国首都亚松森避难去了。一个嗜酒如命的将军成立了军政府，接管了政权。几周后，嫉恶如仇的阿兰布鲁将军推翻了这个政府，并承诺全面肃清庇隆主义。

格雷戈尔倚靠着放收音机的柜子，阿兰布鲁将军声色俱厉地说：“把逃亡暴君还有他去世的妻子的画像和雕像放在显著位置的人，在公开场合提到庇隆、庇隆主义和第三种道路的人，给倒了台的专制政权歌功颂德的人，都将被判处六个月到三年监禁……”打着解放革命的旗号，新政府逮捕了一些工会领袖，开除了数千名公职人员。所有以庇隆夫妇名字命名的场所（城市、街区、省份、街道、火车站、广场、游泳池、赛马场、体育场和舞厅）必须更名；所有叫“艾薇塔”的小姑娘也要改名。庇隆夫人的基金会也关了门，她用过的床单被烧掉，她用过的餐具被熔掉，她的塑像被拆掉，她骑过的小摩托车、佩戴过的珠宝被展出，好让人们看清这对失势夫妇贪婪堕落的嘴脸。艾薇塔的遗体也不翼而飞了。博尔赫斯被任命为国家图书馆馆长和布宜诺斯艾利斯大学文学院院长。此时庇隆躲在巴拿马，过着精彩的流亡生活，夜总会、香烟、威士忌、美女，舞蹈演员玛丽亚·马丁内斯与他坠入爱河，后来成了他的第三任妻子。婚后，庇隆把她的名字改成伊莎贝拉。

庇护者逃亡他乡让纳粹分子有点担心。阿兰布鲁总统发誓整治那些依附旧体制发财的人。一些德资企业要被关闭。警察搜查了鲁德尔在科尔多瓦的住所，并把他软禁在家中。博内和其他纳粹战犯离开了阿根廷，戴耶在日记里写道，“流亡的过程充满艰辛和酸楚”。格雷戈尔考虑去巴拉圭，不过后来又改变了主意，因为他一直和政治保持距离，不属于庇隆身边最核心的那个圈子。总的来看，他只是一个诚实守信的企业家。他暂时不接非法堕胎的手术，静待风暴平息。阿兰布鲁也是旧时普鲁士军队的崇拜者，也许他和纳粹分子能合得来。

格雷戈尔终于得到了一本有效期三个月的护照。1956年3月22日，他搭乘泛美航空的DC-7型飞机经停纽约，前往日内瓦。

25

在机场接到他以后，泽德尔迈尔直接把他送到恩格尔酒店——滑雪胜地恩格尔贝格最好的四星级酒店。

一位褐色头发的美丽少妇和两个12岁的男孩在门口迎接他，他们是玛莎和她的儿子卡尔-海茵茨，还有他的亲生儿子罗尔夫。

26

浴室里，浴缸正在放水，玛莎站在化妆镜前哼着歌。浴室外，格雷戈尔光着脚躺在床上，双手垫在脑后，听着从浴室里传来的水声和女人愉悦的歌声。壁炉里，火苗发出噼噼啪啪的声音。他看着窗外飘着雪花，露出舒心的微笑。瑞士之旅像田园诗般惬意，山里清新的空气令人陶醉。玛莎告诉孩子们，这是美洲来的弗里茨叔叔。在罗尔夫很小的时候，大人就告诉他，他父亲约瑟夫在他出生后不久就牺牲在苏联前线。

罗尔夫和卡尔–海茵茨都是认真守时的孩子，而且懂得感恩，吃饭的时候，他们总是规规矩矩地坐着，得到门格勒–格雷戈尔–弗里茨允许后才说话。他们对弗里茨叔叔充满敬意，因为他在阿尔卑斯山区当山地猎兵的时候就是滑雪高手。他的光辉历史让孩子们十分着迷，晚餐、散步或是夜间闲聊的时候，孩子们会缠着他，让他讲故事。卡尔–海茵茨喜欢听在荒凉的苏联平原上作战的故事，特别是坦克大战、英雄事迹还有战友之间真挚的友情；罗尔夫喜欢听圣马丁在安第斯山领导南美独立运动的壮丽史诗，还有高乔人和潘帕斯草原上的印第安人的奇遇，“在拉普拉塔河畔，浑浊的河水像巨蟒摆动着身躯，靠近蓝鲸般巨大的海洋”。弗里茨叔叔还跟他们讲征服阿根廷荒漠地区的故事，“这是先进文明对蛮族的胜利，战争年代我们德国人在东部领土上也是这样做的。孩子们，永远不要忘记，日耳曼人比希腊人更聪明，比罗马人更强大。”

格雷戈尔一有机会就观察他的儿子。罗尔夫的手和鼻子很像妈妈，眼睛里藏着一丝忧郁，容貌清秀，天真腼腆，比卡尔–海茵茨矮一个头，滑雪技术远不如他，也没他那么自信。卡尔–海茵茨就像一个小大人，而罗尔夫还是个孩子。关于未来的职业，罗尔夫有很多想法，消防员、宇航员、工程师……每个想法都不会持续太长时间。而在他这个年纪，格雷戈尔已经很清楚自己将来要做什么。

壁炉里的火就要灭了，格雷戈尔把火重新生上，继续回床上躺着，回想自己的童年。10岁生日那天，父亲送给他一架显微镜，从此他就围着这个仪器转。那时候他就坚信，有朝一日，自己会和偶像齐名。当时他的偶像是细菌学之父罗伯特·科赫还有碳四价原子和苯环状结构的提出者奥古斯特·凯库勒。他很早就明白，在20世纪，医生和科研人员是受人敬仰、引领时代的重要人物。他还记得20年代引得媒体竞相报道的医生赛奇·甫洛诺夫，他在法国南部蓝色海岸的诊所里给那些不服老的有钱男人植入黑猩猩的睾丸组织。甫洛诺夫只是个蹩脚的江湖医生，但当时的德国绝对是现代医学乃至科学的圣地，生物学、动物学、阿司匹林、显微镜、实验室都是德国人发明的。15岁那年，他违逆父命，离开了金茨堡这个小地方。不过他继承了老卡尔的一些个性特征——刻苦耐劳、狡猾、有野心；也继承了母亲的冷酷、冷血和铁石心肠。

格雷戈尔的思绪飘到了30年代，那时候他在慕尼黑、维也纳、法兰克福求学，动荡年代的一段灿烂经历。当他的同学在冲锋队打架、酗酒、争着出风头的时候，他埋头学习。最终努力得到了回报，两位重量级学术权威注意到他。一位是优生学家欧根·菲舍尔，20世纪初他在德国殖民地纳米比亚参与了对赫雷罗族和纳马族的大屠杀；另一位是遗传学和种族卫生学家莫里森教授，他指导了门格勒的博士论文（《关于四个种族下颌部分的种族形态学研究》，论文被评为最优等）。随后莫里森把他推荐给当时德国最著名的遗传学家奥特马尔·冯·费舒尔男爵，他是研究双胞胎的专家。门格勒在26岁那年就当上了研究助理，不久就成为法兰克福大学下属的第三帝国生物和种族净化研究所的青年才俊。后来冯·费舒尔去了柏林，担任威廉皇帝学会①人类学、人类遗传学与优生学研究所所长，他把门格勒派去奥斯威辛，那是“人类历史上最大的实验室，对于年轻有为的科研人员来说，在那里工作是一份荣誉。您也许会在那里发现多胎生殖的奥秘”。男爵为他的研究提供资金，作为回报，门格勒定期给他寄送标本（骨髓、血液、眼球等器官）、骨骼还有实验结果。在奥斯威辛的21个月，门格勒从来没闲着。为了完成这项严谨的任务，他站在斜坡道上挑选合适的实验对象，给数百栋临时住房消毒祛虫，还控制了几次伤寒疫情。他的专注得到了嘉奖，被授予带剑铁十字勋章，上级还附上了贺信。躺在四星级酒店套房的床上，格雷戈尔告诉自己，罗尔夫需要大人的指引和照料，他必须和孩子母亲还有那个弗莱堡鞋商处理好关系。女人不喜欢懦夫，而喜欢像他这样充满阳刚之气、果敢的男人。对于这一点，他深信不疑。

① 威廉皇帝学会成立于1911年，是当时德国最高级别的学术机构。二战结束后，这个曾与纳粹联系紧密的机构差点被解散，最后经过多方协调商讨达成协议，保留威廉皇帝学会。1948年，以威廉皇帝学会为前身的马克斯·普朗克科学促进协会成立，后简称为“马普学会”。

刚一见面，玛莎就认出了他。他和死去的弟弟长得很像，只不过他的外表更硬朗一些。第一次共进晚餐时，孩子们都在埋头吃饭，弗里茨叔叔贪婪地盯着她看。他的目光经常停在她绾起的黑色发髻和红唇上。她起身走向洗手间的时候，他一直盯着她丰满的臀部。玛莎·门格勒本姓魏尔，她那摇曳的步态可谓金茨堡一绝，却不幸成了寡妇。虽然她没有依琳的贵族范儿和少女般轻盈的步态，格雷戈尔发誓在恩格尔酒店的这段时间，不再想念前妻，也不把她俩进行比较。玛莎行事果断、充满自信，罗尔夫和卡尔-海茵茨都很听她的话。她是坚定的纳粹分子，也是专注的母亲，虽然脸蛋不够漂亮，35岁的她还是很有女人味的。更重要的是，她是小卡尔的遗孀。第二天晚上解开她的蕾丝文胸时，格雷戈尔感到浑身舒畅，那感觉像是给弟弟致命一击，或者把他重新埋葬。“要是他看到我上他老婆就好了。”想到这儿，他扮着鬼脸从床上跳起来。

他脱掉衣服，走进浴室。玛莎在浴缸里等着他。

27

泽德尔迈尔的奔驰车没有熄火，停在酒店门口等着。玛莎和孩子们乘火车回德国，格雷戈尔和泽德尔迈尔开车回金茨堡。1944年11月离开家乡后他就再也没回去过。

车翻过一座又一座雪山，格雷戈尔感到胸口发紧，在康斯坦斯湖边吃了顿午饭也没能缓解，他的脉搏跳得越来越快。夜幕降临时，他依稀辨认出多瑙河流经金茨堡时形成的河湾、文艺复兴时期的城堡还有巴洛克风格的教堂。他请求泽德尔迈尔保持安静，因为不适的感觉越来越强烈。

终于回到童年时居住的大灰房子了。大门的颜色变了，壁炉上多了母亲和弟弟的骨灰盒，家中其他陈设没有任何变化，木质装饰仍然是压抑的深色，毕德麦雅风格的边桌和餐厅的留声机还是老样子。按照他的要求，父亲给管家和厨娘放了假。他和父亲、弟弟还有泽德尔迈尔共进晚餐。他向他们表达谢意，酒店无可挑剔，孩子们健康活泼，玛莎也很讨人喜欢，计划奏效了，他非常愿意娶玛莎为妻。不过，他很快露出了忧郁的神情，他觉得自己不应该回金茨堡。他回来能干什么呢？战后就失踪了的约瑟夫·门格勒难道可以昂首阔步走在市中心的奥格斯伯格大街上，向路人打招呼？既然来了，何不去工厂露个面！但所有人都会认出他来，谈论他，金茨堡又不是大城市，这么做太冒险了。

老卡尔试着安抚他。他说，金茨堡是他的领地，工厂就是他的王国，他是这个城市最大的雇主，没人敢揭发老板的儿子，再说他们能向谁告发呢？在德国，门格勒不是通缉犯，他也没有接到过什么传票。“够了，约瑟夫，你总是谨小慎微。你现在可是在你自己家里！大家对你的印象很好，他们经常跟我说你当年学业优异。国务秘书克洛博克每天早上去总理府的时候都不会问自己这么多问题。大家都知道他参与制定了《纽伦堡法案》，他强制犹太男性和女性分别用以色列和萨拉作为名字。那又怎么样！大家不在乎，阿登纳第一个表示不在乎，所以大家也不会在意你当时在哪儿！你只是在完成你的工作，就这么简单。”阿洛伊斯让老卡尔别动气，最近几个月老人日渐消瘦。他告诉约瑟夫，父亲现在很有权势，深受员工爱戴，很快会被授予“荣誉市民”的称号。“要是没有我们家，金茨堡就垮了。我们出钱建了新的社会福利房，还有一家医院和游泳馆。父亲还打算在75岁生日那天给全城的孩子每人送一份香肠作为礼物。”

格雷戈尔毫无睡意。他明显感到在滑雪胜地度过的十天让他迟钝了不少，他正在放松警惕，滑向危险的边缘。这个星期他一直待在家里，这并不为过，因为危险随时可能降临。他的名字确确实实出现在一份战犯名单里，他不能对任何人掉以轻心，他的家人对此并不了解。他决定了，明天去慕尼黑见维京师的一位战友，现在的职业是药剂师。从苏联占领区取回笔记本和样本后，他在这个战友家藏了一个月，然后逃到巴伐利亚的农场。在大城市隐姓埋名还是有可能的。泽德尔迈尔帮他以格雷戈尔的名字租了一辆普通的欧宝轿车，他要开车去慕尼黑。如果一切顺利的话，他还会回金茨堡，住上几天，和家人谈谈生意上的事，阿根廷、巴拉圭和将来可能要开拓的智利市场。

格雷戈尔一边开车，一边骂广播里的新闻。联邦德国的国防军将参与北约军事演习，一位教士祝贺法兰克福成立犹太基督教信徒团结会，以色列驻科隆商贸代表处迎来新领导，还有该死的爵士乐节目。格雷戈尔想找一个古典音乐的电台，他斜着身子转动收音机旋钮，就这一两秒的工夫，他跟前车追尾了。

格雷戈尔和颜悦色地向前车的女司机提出私了，她的车的保险杠只是被轻轻地碰了一下，填保险单有点小题大做，而且正在下雨，大家没必要浪费时间。穿着裘皮大衣的女士拒绝了，法律就是法律，“我们是在德国，一个法治国家。”此时，她的丈夫开着一辆银色的宝马，从车库里出来。格雷戈尔坚持私了，还提出多付30马克。女车主不听他的，从手提袋里掏出一沓材料。格雷戈尔有点恼怒，威胁要走，她则威胁报警。路人聚过来看热闹，一个穿风衣的男子记下他的车牌号。一辆巡逻的警车突然出现，警察查看了他的身份证件，这些阿根廷证件和他浓重的巴伐利亚口音让警察起了疑心，警察要求他在身份查清前不要离开慕尼黑。

警察终于走了，格雷戈尔奔向最近的电话亭，用颤抖的双手拨通父亲的电话。两小时后，一队人赶到慕尼黑市警察局，他们是老卡尔、他的律师、金茨堡警局的负责人，还有拎着黑色手提箱的泽德尔迈尔。他们找到警长，出去喝了顿啤酒，费了半天口舌讨价还价，终于把案子结了。

格雷戈尔第二天就飞回拉美。

28

他的余生属于阿根廷，玛莎和卡尔-海茵茨很快会过来和他一起生活。45岁的他需要的是清净、一个新家和一栋大房子来安顿家人。他相中了奥利沃斯的一栋加利福尼亚式别墅，位于毕雷依·贝尔蒂斯街970号。这条街很普通，绿树成荫，离海边也不远。沙滩上有咖啡馆，还有私人游艇停靠的码头，这个地方很像汉堡的阿尔斯特湖区和柏林的万湖区，玛莎和卡尔-海茵茨应该能很快适应这里的生活。

格雷戈尔很有钱，不过为了买房子，完成父亲交给他的新任务——开一家制药公司，也就是后来的法德罗制药，他还是得找银行借钱。开制药厂的建议是家族企业在南美的合作伙伴、奥比斯的老板梅梯格向父亲提出的，他的一些朋友已经进入阿根廷的医药市场，研发结核病药物。可是银行不会借钱给一个护照即将到期的无国籍者。如果想在这里扎根和再婚，格雷戈尔必须恢复身份，重新成为门格勒。

格雷戈尔照例咨询了他最信任的那些朋友。在阿根廷，他这么做没有任何风险。至于美国人，他们现在的头等大事就是对付苏联人。在德国，没有人愿意了解纳粹。战争已经结束。在波兰清洗了几个贫民窟的施万贝格都拿到了德国护照，德国驻阿根廷使馆在受理申请时一点儿也没有刁难他。萨森告诉格雷戈尔，新任德国驻阿根廷大使沃纳·容克是个好人，以前也是个纳粹，还是外交部部长里宾特洛甫的密友。在巴尔干地区常驻的时候，他和克罗地亚独裁者帕韦利奇走得很近，现在两人在布宜诺斯艾利斯重逢，他甚是欣喜。

格雷戈尔把那些战争末期就精心藏匿的个人资料送进大使馆，以证明他就是约瑟夫·门格勒。他告诉领事官员，他在阿根廷一直用假身份生活，这位官员没有任何反应，眼睛都没眨一下。他把这些材料寄回波恩[1]，国内的办事员谁也没去核对通缉战犯名单。慕尼黑的车祸可能是虚惊一场，联邦德国政府打击纳粹主义，但并不排斥曾经为纳粹效力的人；政府虽然向犹太人进行赔偿，却放任那些屠杀犹太人的凶手在拉美和中东逍遥法外。认可犯“政

① 1949年到1990年，波恩是联邦德国的首都。

治错误”的权利，大赦“去纳粹化过程中的受害者”，国家内部团结，集体麻痹……1956年9月，格雷戈尔从联邦德国驻布宜诺斯艾利斯大使馆得到了身份证明和出生证明的副本。格雷戈尔，永别了。

现在他要在阿根廷官方机构恢复自己的身份。他向法院提交了申请，在警局录入了指纹。没有一个官员对他的欺瞒行为表现出不满和愤怒，也没有针对他的诉讼和惩罚。最近一段时间，不少德国人好像突然恢复记忆，想起自己以前的身份。门格勒先生，阿根廷欢迎你！11月，他获得了编号为3.940.484的新居住证，德国领事馆也给他办好了新护照，护照持有者约瑟夫·门格勒，1911年3月16日生于金茨堡，住在布宜诺斯艾利斯萨尔米恩托大街1875号，身高1米74，棕绿色眼睛，木质玩具和家具制造企业主。在他本人提供的证件照里，他蓄了须，那道胡子像是画在黄褐色面孔中央的一条黑线。

玛莎和卡尔-海茵茨到了布宜诺斯艾利斯，门格勒得到了银行贷款，买下了那栋他觊觎已久的豪华别墅。这栋别墅有独立花园和游泳池，紧挨着前总统庇隆的私人别墅。玛莎在当地的电话簿上登记了家庭电话，门格勒把卡尔-海茵茨当成自己的儿子介绍给众人。

他身边的人越聚越多，日子过得越来越有情调。

生活在朝他微笑。

29

1956年11月，黑森州总检察官弗里茨·鲍尔签发传票，逮捕阿道夫·艾希曼，“无论他身在何处”。鲍尔身上有三个标签：犹太人、社会民主党成员、同性恋。早年还被关进集中营，被盖世太保开除了公职，后来他逃到斯堪的纳维亚。40年代末回到德国以后，他希望匡扶正义，逼迫同胞正视历史。

30

欧洲犹太人惨遭屠杀的历史被一点点地曝光在众人面前。关于集中营和纳粹种族清洗的文章、书籍、纪录片不断推出。1956年，阿仑·雷乃推出纪录片《夜与雾》，联邦德国政府以法德和解为由向法国施压，致使该片无法进入戛纳电影节的主竞赛单元，不过这并不能妨碍影片触动人们的灵魂。《安娜日记》也大获成功。人们都知道了这些反人类罪行的存在、德国纳粹关于犹太人的“最终解决方案”和600万犹太人遇害。

丢勒圈的人否认这个数字，他们对灭绝犹太人的行动非常满意，认为遇难的犹太人只有36.5万人左右。他们否认大规模的屠杀，否认用大卡车运送犹太人，否认毒气室，认为600万人死亡是捏造历史，是诡计多端的犹太复国主义者的新阴谋，想让德国背负巨大的罪责，彻底瓦解德国，实际上是向德国宣战，给德国造成巨大的损失——700万人死亡，美如瑰宝的城市被夷为平地，自古就属于德国的东部领土被割让。

萨森和弗里奇认为只有一个人能还原历史真相，这个人就是阿道夫·艾希曼，他了解对犹太人开战的每一步计划。希特勒、希姆莱和海德里希死后，他就是这段历史的权威、最后一位重量级见证人。他认识所有参与者，也掌握相关数据。他可以出来辟谣。犹太人把德国拖进泥潭，艾希曼可以洗刷德国的污点。为了占领巴勒斯坦，犹太人编出惊天动地的谎言，不过他们就快要被公开揭穿，犹太人及其同伙的假面将被撕开，丢勒爱好者会拆穿他们的诡计，恢复德国的名誉，救赎纳粹主义和元首。

弗里奇和萨森建议艾希曼谈一谈“虚假的最终解决方案”，他们会把谈话整理成一本书，在丢勒出版社出版。艾希曼对这个提议兴致颇高。洗衣店倒闭后，他先是在一家洁具厂工作，现在在潘帕斯草原养鸡和安哥拉兔，每天顶着让人昏昏沉沉的太阳给动物喂食，清洗圈舍，处理粪便，偶尔回忆昔日的光辉岁月。他的家人还住在布宜诺斯艾利斯，年近50的他和46岁的妻子居然奇迹般地孕育出了他们的第四个儿子里卡多·弗朗西斯科。他的收入不高。出书讲述自己的丰功伟绩，再也不用跟鸡打交道，不用过隐姓埋名的生活，这等好事岂能拒绝。他将重新成为名人，为自己辩护。他在报纸上和讲述历史的文学作品中时常读到自己的名字，但都是和一些错误的信息联系在一起的，他十分气愤，他的孩子们必须了解真相。绝大多数德国民众会支持他的，他的朋友们也可以昂首回到欧洲。艾希曼、弗里奇和萨森仿佛已经看到书的热销和源源不绝的版税收入。

31

1957年4月，艾希曼开始在萨森的豪宅里接受录音采访。每周日，犹太人大屠杀的总协调人抽着主人家提供的雪茄，喝着威士忌，在一众男女的瞩目之下讲述历史。艾希曼一边摆弄党卫军的荣誉戒指，一边回答萨森和弗里奇的提问，一些高级别嘉宾也不时提问，如希姆莱的助手鲁道夫·冯·阿芬斯立本和狂热的飞行员迪特尔·门格，门格的大庄园是纳粹分子非常喜欢的聚会场所。

虽然萨森一再邀请，但门格勒从不参加这个活动。他不想听这个尖酸刻薄的蠢货吹牛，他提醒萨森提防这个人，艾希曼一定会给他们招惹麻烦。此人的名字经常出现在媒体报道中，是德国司法机关通缉的犯人，他要是不闭上那张大嘴，迟早会被人发现他以克莱门特的假身份活着。门格勒不希望别人宣传自己，他还有别的好事——闷声发财和撩起玛莎的裙子。

他和鲁德尔在智利度了一周的假。他们坐鲁德尔的私人飞机飞到圣地亚哥机场，飞行员的老朋友沃尔特·洛夫在那儿迎接他们。他的绰号叫“米兰杀手”，身上背负着9.7万人的血债，他发明了集中营毒气室的雏形——毒气卡车。三个人一起去阿塔卡马沙漠攀登火山，在蓝绿色的潟湖里裸泳畅游，在繁星之下露营。

回阿根廷后，门格勒带着玛莎、卡尔-海茵茨还有小狗去外地过了个周末。他们去了海滨城市马德普拉塔，还去了水城蒂格雷，那里是巴拉那河和拉普拉塔河交汇的地方，众多花团锦簇的小岛组成了这座城市。他们入住了当地最豪华的蒂格雷酒店，威尔士王子和男高音歌唱家卡鲁索都曾下榻于此。玛莎到阿根廷后，门格勒带着她重新领略了布宜诺斯艾利斯的美景，他们在解放者大道为德式喷泉驻足，在雷蒂罗火车站仰望英国人钟楼，在圣马丁广场的卡瓦纳大厦欣赏艺术装饰风格的大吊灯。这对夫妇时常去看演出、听音乐会，和哈泽夫妇、梅梯格夫妇共进晚餐，或者带着卡尔-海茵茨去圣伊希德罗赛马场看比赛。和那些达官贵人一样，他们在迦特和查韦斯百货公司购物。

1957年，门格勒度过了舒适甜蜜的一年。他过着从未体会过的规律生活——检查卡尔-海茵茨的作业，和玛莎亲热，品尝她的厨艺，擦洗爱车的镀铬车身，和萨森这个小魔头一起逛窑子，频率当然比以前低很多。未来看上去一片光明，糟糕的一页已经翻过，门格勒现在很有安全感。他卖掉木材加工厂，以便把更多的资金投到法德罗制药厂。重新沉浸在医学和科学期刊之中让他满心欢喜，他研究以前做的笔记，扩充里面的内容。他没有放弃在大学谋求教席的追求，也没有放弃人类基因改良的光荣使命。

与此同时，萨森和弗里奇继续采访艾希曼。整整6个月，“在元首不屈不挠的精神的指引下”，艾希曼骄傲地唱着独角戏，偶尔被回忆感动落泪，他庆幸自己的成功——“屠杀了600万犹太人”，也为没能完成使命，“彻底清除敌人”感到懊悔。萨森、弗里奇和丢勒爱好者并不愿意相信“敌人的宣传”，艾希曼却告诉他们种族清洗的规模就是这么大，还跟他们讲述杀戮的细节，毒气室、焚尸炉、强制劳动、死神之路、饥荒。总之，整个战争都是元首一手策划的。

萨森和弗里奇这两只小绵羊原以为纳粹主义是一种纯粹的理想，他们完全没想到艾希曼会提供这些细节。或者说，他们希望希特勒被下属背叛了，艾希曼是因为被外国势力控制才说出这种话来。600万，这个数字对他们来说太过沉重。录音采访一结束，他们就和反人类的那个罪人保持距离。他们打出了最后一张牌，但失败了。萨森将录音带小心翼翼地收好，丢勒出版社放弃了出书计划。南斯拉夫的秘密特工枪杀了正准备逃往乌拉圭的帕韦利奇。1957年秋，阿登纳在联邦议会选举中再度获胜。次年，纳粹战犯调查中心在路德维希堡成立。在德国，纳粹主义彻底没有了明天，历史已经彻底翻页了。

《道路》杂志消失了。弗里奇卖掉了出版社，1958年年初，他开始在奥地利定居。他被禁止进入出版业，只好在萨尔茨堡的一家豪华酒店当夜间看门人。

弗里奇走后，萨森没了固定的收入，只好用不同的笔名给报纸写稿。他考虑回欧洲寻找机会，因为他也想从那边的“经济奇迹”中获益。

艾希曼十分失落，他不能接受这样的结果，他没有放弃发出自己声音的机会。他考虑在德国出庭，坚信通过一场声情并茂的审判，自己的荣誉和名声将得以平反，还将成为审判的焦点人物。他的儿子还有朋友都劝他不要这么做。养殖场失败后，梅梯格给他在自家企业奥比斯安排了一份工作。门格勒对他们的失败一点都不诧异，他根本瞧不起这些沙龙里的纳粹，虚张声势的艾希曼，敏感的淫秽作家萨森，还有乳臭未干的弗里奇！纳粹的那些事，他心里清楚，他亲眼见过，他也参与了，没有一丝遗憾和后悔。

门格勒开始疏远萨森，躲避艾希曼，并建议布宜诺斯艾利斯的纳粹都跟他一样，因为艾希曼是个危险人物。

对他来说，还有别的更加振奋人心的计划。

32

1958年7月25日，约瑟夫·门格勒和玛莎·门格勒在乌拉圭的新埃尔韦西亚举行了简单的婚礼。参加婚礼的人不多，有卡尔-海茵茨、鲁德尔、泽德尔迈尔、梅梯格夫妇、哈泽夫妇，还有一些住在巴拉圭的朋友，如巴拉圭纳粹青年团的领袖荣格和波罗的海流亡贵族冯·埃克斯坦。萨森没有收到邀请。老卡尔因为身体原因，只能留在金茨堡，弟弟阿洛伊斯也没有来，他情愿待在包厢里欣赏拜罗伊特音乐节的节目。宠物狗海因里希·里昂也没能参加婚礼，两周前，一个冒失的司机把它给碾死了。只有简单的酒会和午餐会（前菜是烟熏鳟鱼和香肠蔬菜沙拉，主菜是烩鹿肉，餐后甜点是西梅卷，佐餐酒是1947年的摩泽尔河雷司令白葡萄酒）。一吃完，新婚夫妇就把孩子托付给哈泽夫妇，收拾行李，前往圣卡洛斯-德巴里洛切，度蜜月的地方路途遥远。

约瑟夫开着宝沃跑车，玛莎依偎在他身边。跑车迎风前进，两人的风衣被吹得沙沙作响。在广袤的潘帕斯草原，满眼都是菠菜绿的植被，偶尔会出现石头很多的荒原，苍茫的天空中有时飞过一群紫色的燕子和黑色的老鹰。开了不知多久的平路，汽车开始爬升，连绵的山峰看上去就像鲨鱼的牙齿，高低不一，他们已经驶入粗犷的安第斯山区，阿根廷的蒂罗尔山区。门格勒夫妇沿着清澈透亮的冰川湖开了一段时间，终于看到了目的地德巴里洛切，还有宫殿式的酒店。

亚奥亚奥酒店的一切都很完美。给新婚夫妇准备的房间里已经摆好了鲜花和巧克力。客房特别宽敞，家具低调雅致。酒店坐落在小山上，站在客房的阳台上，纳韦尔瓦皮湖和莫雷诺湖尽收眼底。湖泊缠绕着陆地及酒店所在的小山。酒店是一个坡顶建筑群，远远望去像是一座躲过了无数灾祸的中世纪德国小镇。第一顿晚餐是巴塔哥尼亚羊肉，串在铁扦上烤的羊肉味道鲜美。玛莎觉得自己很幸福。清晨，她看着窗外的薄雾逐渐散去，连绵的山峰呈现出油画中的那种深紫色，一缕缕阳光穿过树林，高大的榉树和栎树的树冠上覆盖着白雪，眼前的美景让她颤抖不已。约瑟夫睡眠不好，此刻还埋在被子里睡觉。

这次蜜月让他有点慌乱。他从来没想过和其他女人共度一生。玛莎很温柔，也很有耐心。一起去山区远足的时候，他常常回忆往事，说一大堆对罗马政权倒台的看法，玛莎都能接受。他还跟她讲音乐大师瓦格纳跌宕起伏的人生和“近代生理学之父”阿尔布雷希特·冯·哈勒的故事，她都耐心倾听。让他惊讶的是，自己对这个牙齿大、手指粗的女人竟会有如此强烈的欲望。玛莎就像让人返老还童的泉水，是带领他穿行偏僻小径的爱侣。回到布宜诺斯艾利斯后，约瑟夫在海滨城市买了一栋别墅，作为新婚礼物送给玛莎。

战后，德巴里洛切接待过很多纳粹分子，主要是热爱滑雪的奥地利人。一位弗拉芒纳粹画家也来过，希特勒掌权的时候，他是比利时沦陷区的宣传头目。德国纳粹分子也光顾过这座城市。希姆莱手下的特工莱因哈德·戈比在这里开了一家名为坎帕纳的酒店，约瑟夫使用假名格雷戈尔时，和他在《道路》杂志社有过一面之缘。这里售卖肉制品和调料最好的商店“维也纳美食”是党卫军上尉埃里希·普里布克开的，他参与过“阿尔德阿蒂那大屠杀”，335名罗马居民被集体杀害。鲁德尔是这里的常客，还是德巴里洛切安第斯山俱乐部的成员，他把在这里常住的纳粹分子的联系方式给了门格勒。

一天晚上，这群人聚在一起吃奶酪火锅。洛夫特意从智利赶来祝贺这对新婚夫妇。纳粹余孽凑在一起肯定要畅谈往事，虽然已经聊了千遍万遍，他们还想起了里希特，那个跟庇隆总统说大话的核物理学家。庇隆投资了数百万比索的实验室就在德巴里洛切附近的小岛上。众人推杯换盏，分享趣闻逸事，特工出身的戈比告诉大家犹太共济会正在白宫和克里姆林宫捣鼓一个惊天阴谋。门格勒搂着玛莎，听得直打哈欠，此刻他更想去享受床笫之欢，而不是枯坐在这群醉醺醺的大老爷们中间。

第二天，玛莎和约瑟夫去爬山，他们穿过林间空地，脚下的积雪被踩得咯咯响，头顶上飘落着鹅毛般的雪花。他们在一个山岬停下来吃午餐，猜测着正下方河谷的位置。门格勒走到边缘处，一缕阳光恰巧穿透了厚厚的云层，照亮了冰川覆盖的山峰，蓝色的湖水泛起波光。他感到一阵眼晕，就像旅人发现了卡斯帕·大卫·弗里德里希[①]画中的云海。凝视如此壮丽的景观，不免会产生这种眩晕感。他张开双臂，放声大笑，胸口剧烈地起伏，脉搏奔涌，热血涌到太阳穴附近的血管里。玛莎喊他，他听不见，他沉浸在自己的思绪中，如此幸福，如此骄傲，在这个沉疴遍地的世界，在这个被上帝遗忘的角落，他获得了自由、金钱和成功，没有人能阻止他，过去没有，将来也不会有。

① 弗里德里希（1774—1840），德国早期浪漫主义风景画家。其作品常带冷寂虚幻的味道和神秘的宗教气息，代表作有《山上的十字架》《云海中的旅行者》等。

33

蜜月归来，一堆信件等着门格勒夫妇处理，除了各种账单和广告宣传单，还有一封父亲的来信和一张警局的传票。要是及时接到传票的话，他三天前就应该去奥利沃斯警局报到。和律师通话时，一位焦虑万分的邻居登门拜访，不停地按门铃。警察前天和昨天都来过他家，现在又来了。门格勒来不及打开行李，两个结实的警察就给他戴上了手铐，押进警笛大作的车中。

警官把前一天的报纸扔到门格勒脸上。《布宜诺斯艾利斯的屠夫》《死神医生》，这是保守派的两份日报头版的大标题，《侦探》周刊的封面文章是《戴白手套的凶手》。几天前，一个大企业主年仅15岁的女儿在堕胎手术中不幸去世，这显然是一桩丑闻。给她做手术的医生被逮捕，在审讯中他供出了一些同行，警方借机肃清了整个非法堕胎的链条。这次收网行动史无前例，全阿根廷群情激昂，盼着早点看到坏人人头落地。“他告诉我们还有一个叫格雷戈尔的，就是您，约瑟夫·门格勒，”这位警官冲着他大喊，“您居然干这种见不得人的勾当，非法行医，地下堕胎，您损害了这个慷慨接纳您的国家的道德秩序。”门格勒的律师赶到警局陪着他，他咬着胡子，全盘否认自己参与此事，然后话锋一转，“那是很久以前的事情，为了帮别人的忙，我做过两三个手术，不过都很成功……我唾弃自己的所作所为，我绝不会再干这种事儿。警官先生，咱们何不私下了结这桩案子呢？”

警官揉了揉眼睛，下令把他收监。这个绝顶聪明的人已经穷途末路。牢房里散发着尿臊味，床垫上全是跳蚤，狱警送来的三顿稀饭全是馊的。第三天，警官才召见他，“打算给多少钱？”门格勒把最初的报价翻了一倍，接着又提出三倍的报价，大概几百美元，这笔钱足够在布宜诺斯艾利斯滋润地过上几个月。

多亏了贪财的警官，门格勒的案子在这一层就结了。回到家时，他身心俱疲，精神几近崩溃。玛莎扑向他的怀抱，看上去比他还要焦虑。她颤抖着递给他泽德尔迈尔前天发来的电报，“8月初，一名记者在乌尔姆法院起诉你。”

几个月前，厄恩斯特·施纳贝尔的新作《追寻安妮·弗兰克[①]的脚步》大卖，成了畅销书。作者调查了安

---

① 安妮·弗兰克（1929—1945），生于德国法兰克福的犹太女孩，13岁时收到一个日记本作为生日礼物，从此开始写日记。1945年3月，安妮死于德国集中营，她的亲人中只有父亲活着走了出去。1947年，父亲将女儿的手稿以《一个年轻女孩的日记》为名出版，该书迅速成为国际畅销书，也是流传最广的有关犹太大屠杀的文字之一，即后来的《安妮日记》。

妮·弗兰克在贝尔根-贝尔森集中营的死因，感慨众多罪孽深重的党卫军军官居然就这样人间蒸发了。“没有人知道他们的下落，比如说门格勒医生，他是奥斯威辛集中营负责挑选犯人的医生，他死了还是生活在某个地方？”一些地方报纸刊登了这本书的片段，其中就有《乌尔姆新闻报》。乌尔姆离金茨堡很近，两座城市相距36公里。1958年初夏，《乌尔姆新闻报》收到一封匿名信，“老门格勒跟以前的女管家说过他的儿子，党卫军里的医生，现在在南美洲生活……另一个儿子的遗孀去了那边，和他一起生活。”报社总编把信转交给了施纳贝尔，施纳贝尔又把信呈给了乌尔姆的检察官。前一年，这位检察官曾把在立陶宛残害犹太人的九个突击队员关进大牢。

检察官受理了起诉，要求金茨堡警局配合调查，提供信息，警方赶紧去通知门格勒一家。

34

门格勒一把推开玛莎，怒气冲冲地把晚餐要用的餐具摔到墙上。他两眼通红，眼珠暴突，大喊大叫，像个疯子，像只丧心病狂的野狼。在奥斯威辛集中营，当他站在斜坡上发现双胞胎时，也会露出这样的表情。玛莎觉得他变成了另外一个人，根本不敢靠近。他还在扔东西，餐具、杯子、烛台，眼前能拿到的一切。然后，他冲到二楼的卧室，把成捆的钞票还有护照、衣物塞进一个大背包，接着跑向汽车，急匆匆地把车开了出去，看都没看玛莎一眼。他气得直挠头，他实在是太天真、太自负了。他曾嘲笑艾希曼用假身份生活，现在想来，自己简直蠢到了家！他的真名就在公共电话簿上！连小孩子都能检举他！门格勒猛踩油门，像火箭一样向北开，他要去巴拉圭，去巴拉圭躲一躲，一路上他差点撞死几个可怜的农民。他要确保自己的安全，运气好的话，在那边待一段时间，一切都会恢复平静，不管是非法堕胎还是记者的控诉。他们家很有权势，钱可以买通一切，只要别人肯出价；而且他没被通缉，至少现在还没有。

门格勒在亚松森住下来，冯·埃克斯坦和荣格接待了他。泽德尔迈尔和阿洛伊斯也赶到这里和他会面。老卡尔已经彻底老了，现在是三兄弟中的老幺执掌家族的跨国企业。三人聚在一起长谈，征求鲁德尔的意见。鲁德尔现在是斯特罗斯纳总统的密友，巴拉圭军方购置武器装备时优先考虑的中间商。飞行员大哥让逃亡者放心，斯特罗斯纳控制下的巴拉圭就像庇隆时代的阿根廷，没什么好担心的，他早就应该在这里买地置业。这个国家虽然贪腐严重，毫无秩序，不过时局稳定，没有人会到这里来找他麻烦。面色惨白的门格勒咬牙切齿地说：“还没到时候！”

他在布宜诺斯艾利斯开启了新生活，别墅非常舒适，制药厂运转良好。阿洛伊斯和泽德尔迈尔也劝他不要匆忙决定，每年有成千上万个诉状，绝大部分都不会升级成诉讼。他们还交给他一项新任务，既然待在巴拉圭，那就在这里推销一款在欧洲滞销的施肥机。

门格勒又开始和泥腿子打交道，在坑坑洼洼的土路上奔波，还要忍受查科地区的酷暑高温。然而他的心思并不在生意上。内心深处的疑虑和不祥的预感折磨着他，他的生活可能会再次发生巨变。开车的时候，他想到慕尼黑美术馆里的《鲸鱼肚子里的约拿》。小时候他就见过这幅画，当时他被画中的景象吓呆了，先知约拿马上就要被海里的大怪物吞进肚子里。朋友们觉得门格勒变了个人，学识渊博、潇洒开朗的门格勒不见了，取而代之的是一个不苟言笑、脾气暴躁的男人。一天下午，荣格的儿子跟他复述生物课的内容，不知何故，他狠狠骂了孩子一顿。朋友家的泳池聚会上，他总是躲着别人，不停地换座位，从一个沙发挪到另一个沙发，一副心事重重的样子。冯·埃克斯坦试着和他谈一谈，门格勒却报之以尴尬的微笑。只有在哈泽夫妇、玛莎和卡尔-海茵茨身边，他才能恢复平静。玛莎和孩子还住在阿根廷，1958年最后的这几个月，母子俩常去巴拉圭看望他。卡尔-海茵茨是约瑟夫的侄子，不过他完全符合聪明可爱的乖孩子形象，于是门格勒把40岁生日那天收到的丢勒的版画做了一份复制品送给他。年末，门格勒一家聚在荣格家里共庆圣诞和新年。纳粹分子频频举杯，祈祷来年诸事顺利，1959年成为丰收年，说罢，门格勒敲了敲木制餐桌[1]。

签证即将到期，门格勒决定回布宜诺斯艾利斯。

35

门格勒不知道还有一个人在追捕他。这个人名叫赫尔曼·朗拜因，奥地利的共产主义者，参加过西班牙战争的退伍军人，他先后被关押在达豪集中营和奥斯威辛集中营。在奥斯威辛的时候，他是集中营总军医埃德瓦尔德·维尔茨的私人秘书。他从来没有忘记过门格勒医生，也不相信他失踪了。1954年，他偶然读到门格勒的离婚声明，发现了他的踪迹。两年前，他和友人创立了奥斯威辛集中营幸存者国际委员会，为幸存者索赔，搜集信息和证词，帮助他们用法律手段制裁当年的施暴者。朗拜因小心翼翼地对门格勒展开调查，耐心搜集可以指控他的证据，坚信门格勒在布宜诺斯艾利斯生活，因为他注意到离婚手续中出现了阿根廷律师。他把这些材料送到

① 按照一些西方国家的习俗，摸木头或者敲木头可以阻止厄运降临。

司法部，司法部却表示无能为力，因为只有州一级的检察院才对门格勒的案件有管辖权。地方检察官大多不愿意接手这个案子，除了弗莱堡的检察官，因为战后门格勒把依琳安顿在弗莱堡，这是他在德国登记的最后一个住址。1959年2月25日，弗莱堡检察官以蓄意谋杀和谋杀未遂为由签发了门格勒的逮捕令。朗拜因坚称门格勒住在布宜诺斯艾利斯，外交部应该向阿根廷政府申请引渡门格勒。

泽德尔迈尔在警局里有眼线，他赶紧把最新消息发电报给门格勒。事不宜迟，这次必须卖掉别墅和法德尔制药厂的股份，关闭银行账户，到巴拉圭避难。没有任何迹象表明通过民选上台的自由派新政府会像庇隆和军政府那样容忍纳粹分子。阿根廷政府有可能答应联邦德国政府的引渡请求。门格勒准备撤退，他把科学期刊打包放进纸箱，和药剂研发实验室的合作伙伴告别，却不向他们说明原因。这个时候他紧张得不得了，几乎要崩溃发疯。玛莎和卡尔-海茵茨会留在阿根廷，不过他们得搬到别处去住，门格勒要求他们务必保持谨慎、低调。他和他们亲吻告别，约定“不久后”在亚松森见面。

鲁德尔再次飞过来助他一臂之力，这次要帮他取得巴拉圭的公民身份。巴拉圭和联邦德国政府之间没有引渡协议，斯特罗斯纳总统也不会把任何一个巴拉圭公民移交给外国势力，巴拉圭的主权是神圣不可侵犯的。在大城市生活的提议让门格勒害怕到腿软，他请求鲁德尔帮他在乡下某个德国人的农场找个藏身之地。善解人意的鲁德尔把他送去阿尔班·克鲁格家，那个体格强壮的纳粹分子在距离阿根廷边境只有几公里的新巴伐利亚经营一个农场。

36

在奥埃瑙的日子过得如此缓慢。村庄的中心是教堂和广场，周围零散住着一些狡猾迷信的印第安土著瓜拉尼人。猪和奶牛懒洋洋地在村中心的红土路上散着步，露天货摊上挂着猪血香肠和蛇皮制品，蝇虫绕着这堆东西飞个不停。一群金发小孩在赶牛车玩，他们把车一直赶到巴拉那河边。从欧洲移居过来的农民顶着烈日，在玉米地和西瓜田里忙活，不一会儿汗水就浸湿了头发。蜂鸟的叫声给村里单调乏味的日常带来一丝律动，除此之外就是秋季的啤酒节和春季的施瓦本宴会。宴会上，农民先是大吃大喝，然后带着醉意不停地跳舞，通常都是转圈舞和法兰多拉舞[1]。那场景像极了400多年前老彼得·勃鲁盖尔的乡间

---

① 法兰多拉舞是法国普罗旺斯地区的民间舞蹈。跳舞时，男女携手连成长队，表演各种复杂动作。

风景画，看得门格勒目瞪口呆。

阿尔班·克鲁格忠厚老实，饭量大，没什么文化，这让他想起了以前养的狗海因里希·里昂。克鲁格毫无生气地经营着农场合作社，维持基本的收支平衡。和挣钱相比，门格勒的庇护者更在乎的是合作农户酿的啤酒、太太烹制的油水丰厚的饭菜、打猎、捕鱼、围在身边的儿子奥斯卡和女儿们。他的房客向他灌输现代管理方法，他一点儿都听不进去。门格勒继续跑农机产品代理的业务，常常在外出差。在强大的精神力量的支撑下，他一个人带着产品目录走遍了巴拉圭，不辞劳苦拜访大大小小的农场。突然失去了阿根廷的安乐窝，门格勒也曾恶言诅咒，怼天怼地，哀叹自己时运不佳，担心自己会被逮捕或者必须永远躲在克鲁格这个蠢货家里。他无数次被惊出一身冷汗，现在也许可以对未来保持谨慎的乐观。如果能获得巴拉圭国籍，他就可以重建生活，买地，和卡尔-海茵茨还有玛莎一起在这里安家，虽然说服玛莎绝非易事。眼下，妻子是他的一大烦恼。玛莎本应陪在他身边，但她不能忍受高温、停电和暴土扬尘，“奥埃瑙和巴拉圭农村不合夫人的胃口”。在这里过第一夜的时候，玛莎被蜘蛛叮了，马上就开始惊慌失措，痛哭流涕，门格勒气得差点要给她一耳光。她不想过逃犯的生活，不停地搬家，在酒店过夜。她已经习惯了之前他提供的那种优越生活，对门格勒的离开，她也有诸多抱怨。布宜诺斯艾利斯的熟人向她打听门格勒的下落时，她不知道该怎么回答。同理，卡尔–海茵茨也不知道怎么回答小伙伴的提问，门格勒的突然离开已经让他心神不宁。如果他们在丛林里定居，孩子怎么上学？门格勒家的孩子可不能随便找个地方上学。玛莎觉得约瑟夫小题大做，他应该回布宜诺斯艾利斯，过以前的幸福生活，没有什么好担心的。她打心底觉得早逝的小卡尔都比约瑟夫勇敢。

门格勒答应和她在亚松森会合，一起和荣格还有冯·埃克斯坦两家人吃晚饭，门格勒答应她自己会好好表现，因为他的命运此刻掌握在他们手中，他们正在帮助他申请巴拉圭国籍。冯·埃克斯坦之前给他介绍了一位非常优秀的律师，然而律师告诉他申请是不合法的，通常只有在巴拉圭居住满五年的人才有资格申请入籍。

37

一场和时间的赛跑开始了。联邦德国政府向阿根廷政府提交了引渡门格勒的申请，同时还向巴拉圭政府提交了同样的申请，因为当时风传门格勒去巴拉圭避难了。申请文件到了阿根廷以后，处理程序变得拖沓冗长，在司法和行政层面遇到重重阻碍，德国驻阿根廷大使容克内心抗拒此事，毫无推动之意，于是引渡申请就在外交部、议长、总检察官、联邦法院法官、警察局、各级法院之间转来转去。阿根廷政府和联邦德国政府达成了某种默契——保持混乱状态。在巴拉圭，内政部和警察局听到了引渡的风声，国际刑警组织要求他们提交门格勒申请入籍的复印材料。鲁德尔跑去内政部做工作，告诉内政部的人，他的朋友门格勒是一名杰出的医生，在德国追寻自己的政治理想，并没有做什么坏事，巴拉圭需要这种人才，应该让他紧急入籍。1959年11月，事情办妥了，巴拉圭最高法院核准了门格勒的巴拉圭公民资格，给了他居住证、无犯罪记录证明和身份证。

荣格在自己家给门格勒办了一个小型庆祝聚会。进门的时候，门格勒一脸颓废，眼中饱含着泪水，结结巴巴地告诉大家父亲刚刚去世。德国失去了一位公民，他失去了最坚定的支持者和保护神——强硬、严厉却从未放弃自己的父亲。在数千公里外的金茨堡，市政厅的外墙已经挂上了逝者巨大的肖像。入夜的亚松森依旧湿热难耐，门格勒和冯·埃克斯坦、鲁德尔、荣格一家还有哈泽一家围坐在摆放着花环的泳池边。门格勒回忆起1919年夏天和父亲一起爬希尔施贝格山的情景，那次只有他们父子俩。两人在山上野炊，爬到山顶时，巴伐利亚地区大大小小的湖尽收眼底，像一片片闪着银光的亮片，他清楚地记得一只蝴蝶停在了他的袖口。小时候，门格勒很怕父亲，不过父亲会在他入睡前用拉丁语吟诵一段祈祷文——那些夜里的梦魇和幻想，请离我们远去吧。这篇祈祷文是父亲6岁那年跟苦修会士学的，那年他差点淹死在一个收集雨水的蓄水池里。

门格勒像小姑娘似的抽泣，嘴里含混不清地说着话。他伤心至极，决意要去参加父亲的葬礼，搭乘次日早上第一个航班去欧洲。鲁德尔苦口婆心劝他放弃，告诉他这就是自杀，警察会在墓地直接把他带走，他必须放弃。

老门格勒下葬那天，丧葬公司的工作人员在墓碑旁摆放了一个花圈，花圈没有署名，只写着“我在远方悼念你”。

38

在布宜诺斯艾利斯，在奔驰厂当搬运工的艾希曼被人发现了。

洛塔尔·赫尔曼，一个在阿根廷避难的德裔犹太人发现了他的行踪。他女儿和尼克·艾希曼很熟，尼克经常炫耀父亲在战争中的丰功伟绩，还对德国没有彻底消灭犹太人感到遗憾。1957年，赫尔曼写信把这个信息告诉了黑森州总检察官弗里茨·鲍尔。鲍尔没有和德国情报部门和驻阿根廷使馆合作，这些机构混进了不少纳粹余孽，而是悄悄地把信息转给了以色列情报和特殊使命局（摩萨德）。摩萨德随即在阿根廷展开调查，不过这次调查并没有定论，首先是因为赫尔曼要价太高，其次他们发现这个在欧洲屠杀犹太人的大魔头竟然住在布宜诺斯艾利斯郊区的破房子里。这简直是无法想象的事情。不过鲍尔愿意相信赫尔曼的说法。他又通过其他渠道证实了里卡多·克莱门特就是阿道夫·艾希曼。这一次，摩萨德决定付诸行动，并于1959年12月下达了绑架党卫军头目的行动命令。

摩萨德局长伊赛尔·哈雷尔私底下还想再绑架一个人，在他的追缉名单中，他一直想加上门格勒的名字。此前，媒体获悉联邦德国政府正在引渡门格勒，世界犹太人大会呼吁奥斯威辛集中营的幸存者通过朗拜因揭发门格勒的罪行。哈雷尔当时只掌握了一些零散过时的信息，比如说门格勒化名格雷戈尔，在布宜诺斯艾利斯经营家具厂。他的计划很简单，先按计划在1960年5月11日绑架艾希曼，之后，他的手下有九天时间缉拿纳粹医生，把他带上押解艾希曼去以色列的飞机。

得到巴拉圭国籍和家族遗产后，门格勒开始排遣阴郁，练习滑水，和有点古怪的冯·埃克斯坦探访原住民，不紧不慢地重新筹划未来，和玛莎的紧张关系也趋于缓和，他重新获得了行动自由。1960年年初，摩萨德的行动小组开始在布宜诺斯艾利斯筹备绑架艾希曼的行动。此时，门格勒去了玛莎和卡尔–海茵茨住的酒店，和他们一起在这家位于维森特·洛佩斯街区、提供一日三餐的酒店住了几天。几个星期后，也就是4月份，他们在巴拉圭城市恩卡纳西翁又聚了一次，在豪华的蒂罗尔酒店住了几天。不辞辛劳的泽德尔迈尔也去那里和门格勒碰面，讨论财务和联络问题，分析在巴拉圭开设分支机构的前景。门格勒向他展示了一些照片，他想买照片里这栋位于上巴拉那省的高档别墅。玛莎终于同意跟他一起流亡，于是他心平气和，甚至可以说是欢欣雀跃地回到克鲁格家。

5月初，“阿提拉”行动进入实施阶段，摩萨德的突击队来到布宜诺斯艾利斯，他们的行李里还有一份哈雷尔塞进来的绑架门格勒的密函。11日，艾希曼被绑架，任务圆满完成。随后他被囚禁在一个安全之地，以色列特工一直问他是否认识门格勒，藏在哪儿，现在长什么样，通常在布宜诺斯艾利斯的哪些地方出没，有哪些朋友。“艾希曼，门格勒在哪儿？”纳粹分子对这些问题没有任何反应。虽然他和门格勒并不和睦，他看不起门格勒，但他拒绝出卖自己的同志。“忠诚是属于我的荣誉。”以色列特工没有放弃，他们一会儿向他许诺好处，一会儿威胁他，反反复复，最后艾希曼说出了维森特·洛佩斯街区那家酒店的地址。

时间紧迫，以色列特工还得谨慎行事，因为布宜诺斯艾利斯的纳粹分子已经提高警惕。发现父亲失踪后，艾希曼的儿子立刻跑去找萨森，和他一起寻找父亲的下落。他们认为这是犹太人的报复行动，这一点毋庸置疑，于是他们考虑用炸以色列使馆或者绑架大使作为回应。在塔瓜拉民族主义运动成员和青年庇隆主义者的帮助下，他们在城里分片排查，萨森负责在机场蹲守。

哈雷尔派了两名特工去那家提供膳食的酒店，酒店位于一条窄巷的尽头，从外观上看像是一栋被栅栏围起来的别墅。酒店的女老板说自己不认识格雷戈尔先生或者门格勒先生。邮差比她话多，他倒是知道一家姓门格勒的人曾经住在这里，不过几个星期前离开了，也没有留下新地址，他都不知道该怎么把信件送给他们。在布宜诺斯艾利斯的家具厂，没有人认识叫格雷戈尔的德国人。时间一天天地过去，以色列特工始终找不到已经流亡到巴拉圭的纳粹医生。哈雷尔没有放弃。门格勒“就像在他骨头里燃烧的火焰”，他一度考虑突袭酒店，因为他觉得门格勒还藏在里面。不过他的手下劝阻他，这样会把整个计划搞砸。

1960年5月20日，一架以色列航空的飞机从布宜诺斯艾利斯起飞，飞向特拉维夫，穿着飞行员制服的艾希曼被注射了安定剂，也上了这架飞机。哈雷尔对手下发誓要抓到门格勒。回国后，他们要组建一支特别行动队，专门缉拿纳粹分子，奥斯威辛集中营的医生将是他们的头号目标。

39

几天后，以色列总理本-古里安在议会宣布抓获艾希曼，藏匿在拉美的纳粹战犯顿时人人自危。谁是下一个抓捕对象？谁会被绑走、被毒打、在床上或者在停车场被突然出现的复仇队长一枪击毙？还有谁会被强行带到以色列，像一年后在耶路撒冷接受审判的艾希曼那样，关在充满羞辱感的玻璃隔间，如同集市上贩卖的牲口，接受犹太人和国际舆论的公诉？流亡的纳粹分子将永无宁日。要是想活着的话，就得放弃人间所有乐事，隐姓埋名地不断逃亡，找不到任何庇护之地，也得不到片刻的喘息。

追击纳粹余孽的行动才刚刚开始。

世界各国的记者纷纷前往布宜诺斯艾利斯进行调查和报道。艾希曼被捕翻开了历史的新篇章。对阿根廷来说，这一事件极其丢脸。阿根廷政府要力证本国不是纳粹的避难地，于是在6月20日签发了门格勒的逮捕令。一年后阿根廷警方张冠李戴地对洛塔尔·赫尔曼实施了抓捕。对于联邦德国政府来说，艾希曼被捕是灾难性的。这次德国要做好直面历史、审判战犯的准备。大清扫刚刚拉开帷幕，布宜诺斯艾利斯的纳粹圈子就陷入内讧。被纳粹同僚怀疑出卖了艾希曼的萨森以高价把艾希曼的录音带卖给了美国《生活》杂志和德国、荷兰的一些媒体，然后逃到乌拉圭。在那儿，他自称是“接受了改造的纳粹分子”。

“艾希曼这个自以为是的蠢货和他该死的优越感！”在克鲁格家厨房，门格勒从收音机里得知艾希曼被绑架的消息。他怒不可遏，破口大骂可恶的犹太人、无能的阿根廷人、卖国求荣的德国人，把整个地球骂了一圈。克鲁格宽慰他说，他没有什么要害怕的，因为他只是服从命令，在集中营里给人看病。听到这些，门格勒恨不得对着克鲁格的眉心开一枪，然后是他的家人，那群在餐桌上懒模懒样的人。对，他要让他们一个个跪着受死，男的先死。克鲁格家这群笨蛋要替犹太人、阿根廷人、德国人，世界上所有的人，特别是婊子养的艾希曼受死！门格勒想着要是能潜入艾希曼在以色列的牢房，把他干掉，然后逃到丛林深处，从此人间蒸发就好了。然而他的手、胳臂和双腿在颤抖，身体好像不听使唤了。克鲁格的母亲让他坐下来，还逼他喝了碗糖水。等他回过神来，他只能面对现实，虽然现实还是那么可怕——艾希曼被捕就像一口深井，他跌了进去，迟早会被淹死。艾希曼一定会开心地向以色列人透露他的消息。其他人也会说出去的，因为到处都有他留下的痕迹，他的证件用的是真名。他还有妻子和孩子，顺藤摸瓜就能找到他的栖身之所，找到这个旷野上的农场，到时候能保护他的只有克鲁格、一把瓦尔特手枪还有几支长柄叉。对摩萨德的那些职业杀手来说，这简直是小儿科。于是，他不断变换住所，在哪儿都没有安全感。他成天咬着自己的小胡子，像一只困在玻璃瓶里的马蜂，不停转圈，又担心缺氧窒息而死。凌晨三四点钟，吃了好几片安眠药，他才勉强入睡，然而只要地板发出一点声响，一只虫子飞过，极其细微的声音都能把他惊醒。联邦德国政府已经悬赏2万马克缉拿他，他现在是国际名人，他非常害怕被人认出来。媒体报道了他做的那些惨无人道的实验，还公布了他的照片。罗尔夫现在应该知道他的父亲其实是奥斯威辛集中营的魔鬼天使，并没有死在苏联战场。门格勒跟亚松森这边的朋友解释，淡化自己在里面的作用，但他们还是不断疏远他。荣格悄悄回了德国。只有冯·埃克斯坦还信他的话。他感到恐惧，内心备受折磨，唉声叹气。他的挚友哈泽经常给他寄一些诗集，还写信鼓励他不要丧失理智，要挺住。然而不久，哈泽在布宜诺斯艾利斯突发意外，从楼梯上跌落身亡。

1960年9月，门格勒决定尽快逃走，放弃现在的一切，在49岁重新出发，否则一定会被以色列人抓住。摩萨德的特别行动队一直监视他妻儿的行踪，他们离克鲁格的农场越来越近。鲁德尔给他弄来一把毛瑟手枪、一张名字为彼得·霍希比席勒的巴西身份证。门格勒必须和玛莎还有卡尔-海茵茨分开，母子俩将返回欧洲，他们连告别的机会都没有。门格勒急急忙忙烧毁了笔记本、德国护照和在奥斯威辛集中营搜集的标本。10月的一天清晨，克鲁格和鲁德尔开着吉普车把他送到巴西边境。大高个克鲁格对着门格勒的背影喊，战争还没有结束。他头也没回，就消失在深绿色的丛林里。

现在他遭遇了人类第一个杀人者该隐的厄运——四处漂泊，东躲西藏，任何发现他的人都会把他杀了。

第二部分
老鼠

造了什么样的孽就要接受什么样的惩罚，被剥夺生活中所有的乐趣，生无可恋，这样的惩罚也不足为奇。

——克尔凯郭尔[1]

40

巴塞尔的丁格利博物馆有一间昏暗的展厅，像是被遗弃的酷刑室，弥漫着杀戮的气息。怪诞的祭坛中央放着一个河马头骨，周围是类似于雕塑作品的机器，那是艺术家让·丁格利从一家遭了雷击的农场搜集来的。艺术家在瑞士乡村的工作室正好在这个农场附近，他搜集到了牲口的骨头、烧焦的木料还有淬过火的铁器。在这些烧焦的废弃物中，有一台巨大的门格勒牌玉米收割机的骨架。

① 索伦·克尔凯郭尔（1813—1855），丹麦诗人，哲学家，现代存在主义哲学的创始人。

这些雕塑机器在一个黑太阳的照耀下运转。轮胎、皮带轮、铁链、螺母嘎吱作响，发出刺耳的声音，就像置身一个混乱的调车场。钢铁组成的颌状装置就像一个血盆大口，人和动物的颅骨依次进入，然后掉到机械传送带上。这些运动中的装置同时被投影到墙面上，有的像一支巨大的注射器，有的像是刽子手的斧头，有的像是锯子、锤子、镰刀和绞架。展厅内，这些尖锐的声音组成了一支怪诞的华尔兹舞曲；展厅外，是轻快的爵士乐，还有从玻璃幕墙透进来的绿色、蓝色和莱茵河的亮光。在这堆废铁旁驻足的参观者会有一种被雕塑机器吞噬的压迫感。这些机器像是要抽打驻足观看的人，把他们撕碎，然后扔到传送带上去。这就是艺术家丁格利被死亡和纳粹集中营困扰许久后完成的作品——《门格勒的死神舞》。

1944年的夏天和秋天，匈牙利法医米克洛斯·尼斯利被迫参与了奥斯威辛集中营的死神舞。他属于与纳粹合作的特遣队，这些活死人被迫去毒气室处理遇难者的头发，搜刮他们身上的金银财宝，然后把他们扔进焚尸炉。尼斯利是犹太人，他相当于门格勒的“手术刀”，按照门格勒的指令锯开头颅、切开胸腔、划开心包。尼斯利奇迹般地从地狱里活着出来了，他立刻把这些难以想象的可怕经历记录在《奥斯威辛医生》[①]中，二战结束后不久，这本书

① 该书中译本为《来自纳粹地狱的报告——奥斯威辛犹太法医纪述》，北京联合出版公司，2015年版，刘建波译。

就在匈牙利出版了，1961年法文版在法国面世。

“门格勒不知疲倦，尽忠职守。他可以埋头工作几个小时，也可以在车站的斜坡上站半天，看着四五车匈牙利犹太人被押送过来……他的手臂总朝一个方向挥——左边，于是整车的人被送进毒气室、焚尸炉……在他看来，把成百上千的犹太人发配到毒气室是在完成一项爱国使命。”

在吉卜赛营临时搭建的实验室，“我们在侏儒和双胞胎身上做各种人体承受范围内的医学实验，抽血、腰椎穿刺、双胞胎之间换血，诸如此类令人厌倦压抑的活体实验。”为了比较研究他们的器官，“双胞胎必须同时死亡，于是他们便死在奥斯威辛集中营B区临时实验室门格勒医生的手中。”

他往他们的心脏里注射氯化物，随后一些器官被摘除、装箱、盖上“战事加急件”的印章，送往柏林冯·费舒尔教授领导的威廉皇帝学会下属的人类学研究所。

“门格勒被视为德国医学研究领域的重要代表之一……他在解剖室里做的一切都是为了推动德国医学进步。”

匈牙利犹太人居住的工棚爆发猩红热时，“门格勒直接用卡车把他们送进焚尸炉。”

尼斯利一直被他的施虐者门格勒身上的死神气质折磨。“心情好的时候，他欣喜的面容掩盖了他的残忍。如此厚颜无耻的人在集中营里都很罕见……门格勒医生的大名仿佛有一种魔力……在集中营里，大家最怕的人就是他，只要听到他的名字，人们就会颤抖不已。”

根据尼斯利的描述，1944年秋德国败局已定。那个时候，他还在解剖室埋头工作，像着了魔似的。“门格勒医生像往常一样17点左右到实验室……他就在我身边工作，一会儿用显微镜观察组织样本，一会儿摆弄试管，一会儿看报告。有时他会在解剖台前连续工作几个小时，手术服上沾满了血迹，双手也是血淋淋的，他就像个疯子，不停地检查、做试验……几天前，我和他坐在工作台前，翻看关于双胞胎的研究报告。突然，他发现一本报告的浅蓝色封面上有一点油污，便用责备的眼神盯着我，严厉

门格勒的受害者

地对我说，‘您怎能如此轻率地处置我这么用心搜集的材料！’”①

尼斯利每一天都处在精神错乱的边缘。“柴堆上跳跃的火光和烟囱里飘出的黑烟从四个焚尸炉蔓延到这里。空气中弥漫着头发和人肉被烧焦的酸臭味。墙壁上回荡着受难者临死前的哀嚎和近身射击时的枪声。每次在坡道上挑选完实验对象，每次目睹烈焰和浓烟的表演之后，门格勒医生就来这里放松，在这种恐怖的氛围里，带着冷血的疯狂，他让我解剖数百具无辜死者的尸体。在恒温箱里，他用新鲜的人肉培养细菌。门格勒医生在显微镜前连续工作几个小时，研究人类还无法解释的双胞生殖之谜。”

41

一天，从火车上下来了一对父子，父亲驼背，儿子瘸腿，他们是住在罗兹②贫民窟的犹太人。站在斜坡上的门格勒立刻让他们出列，去1号焚尸炉旁边的实验室，让尼斯利对他们进行检查。这位匈牙利医生给他们测量了身

① 引自《奥斯威辛医生》，米克洛斯·尼斯利著，法国朱利亚尔出版社1961年版。

② 罗兹为波兰中部城市。

高体重，给他们吃了一些牛肉通心粉，医生写道："这是他们最后的晚餐。"随后，党卫军把他们带走，先让他们脱光衣服，门格勒一声令下，他们就被近距离枪决了。再见到他们的时候，两人已经成了两具尸体，"感到极度恶心"的尼斯利把解剖任务交给了其他同事。

"傍晚时分，把1万多人送上了黄泉路后，门格勒回到实验室。他饶有兴趣地听我的实验报告，一部分是这对残疾父子活着的时候做的，另一部分是尸检结果。'这两具尸体不要送去火化'，他说，'要制成标本送到柏林人类博物馆。''您知道用什么方法清洗才能完好地保存骨骼吗？'他问我。"

尼斯利建议用氯化钙浸泡尸体，两周后，软组织就会被分解；或者扔到沸水里煮，直到骨肉彻底分离，再把剩余部分放到汽油里浸泡。汽油会分解骨头上残存的脂肪，还可以让骨架变白、变干，并且祛除异味。门格勒让他用最快的方法处理，那就是煮。于是他们开始准备灶具。这对可怜的罗兹父子的遗体被扔进铁皮桶里，驼背和瘸腿的尸体被放在大火上炖。

尼斯利写道："五小时后，我发现软组织和骨架分离了。于是我让人把火熄灭，但是铁皮桶很烫，没办法取下来。"

那天，焚尸炉出了故障，一些干泥瓦工的囚犯来修理烟囱。尼斯利的一个助手惊慌失措地跑来告诉他，"'医生，那些波兰人在吃桶里的肉。’我赶紧跑过去。四个穿着条纹服的外国犯人站在铁桶旁边，一副惊呆的表情……当时他们饥饿难耐，就在院子里找吃的。正好有那么一小会儿，没人看着他们，他们恰巧走近这些大铁桶。他们以为这是给特遣队准备的肉食……这些波兰人知道自己吃了什么以后，全身僵硬，无法动弹。”

终于，两具骨架被呈到实验室的工作台上。“门格勒医生非常高兴，他邀请了一些上层军官同僚来欣赏。他们神情肃穆，抛出一些深奥的科学辞藻……然后这两具骨架被打包装进巨大的硬纸箱，寄往柏林，上面盖着‘国防急件’的印戳。”

门格勒就是欧洲的暗黑王子。这个出身体面家庭的自负的医生解剖、摧残、焚烧幼童，吹着口哨，把40万人送进毒气室。他一直认为自己可以逃脱罪责，这个卑劣残暴的瘦小男人以为自己是半个神仙，可以践踏法律和戒律，心狠手辣地折磨同类，让他们受苦受难。

欧洲泪流成河。

门格勒和维护黑暗秩序、戴着有骷髅头标志的帽子的打手，彻底摧毁了欧洲文明，1914年一战射出的毒箭已经把欧洲大陆变成一个巨大的坟墓。

门格勒，这个死亡工厂的模范员工，葬送了雅典、罗马和耶路撒冷的凶手，以为自己可以逃脱罪责。

然而他现在只能自生自灭，苟活于世，被人追赶，像现代版的该隐在巴西境内东躲西藏。

轮到门格勒下地狱了。他的内心将饱受折磨，夜行时会迷失方向。

42

二楼的浴室里，门格勒腰间围着浴巾，赤裸上身，凑向镜子打量自己，低声发着牢骚。他的黑眼圈越来越大，眼眶下的青色和惨白的面色形成鲜明对比，上半身愈发清瘦，胸肌也消失了。几个月工夫，他就老了这么多！他抿着嘴，咬那些花白的胡子，在他看来，这道胡子像是市集上出售的廉价地垫，粗糙得可怕。喝汤的时候，他得像猫一样把胡子上沾到的汤汁舔干净，这完全不像日耳曼人，更没有学者风范。这道胡子让他很不舒服，但可以帮他掩盖门牙间的缝隙，能给他些许安全感，虽然在巴西逃亡的这一年，没有什么能让他放下心来。1961年10月7日的早晨，他比往常更焦虑，肚子里好像有一只大球挤压着五脏六腑。他对着镜子上下按摩太阳穴部位，仿佛简单的摩挲就可以减轻痛苦，按平他的大脑门。依琳十五年前就提醒他，这该死的额头和牙齿之间的缝隙，这两个特征迟早会把他出卖。

门格勒什么都不信，他闭上眼睛，双手握拳，低声重复鲁德尔的名言——“自弃者，人弃之”。现在他要打理自己，刮胡子，刷牙，套上裤子，穿上鞋和衬衣，把扣子全部扣好，不打领带，天气已经太热，然后戴上从不离身的宽边帽。门格勒提着两个旅行箱，走下楼梯。一名男子面带微笑在楼梯底下等着他，接过旅行箱，放进一辆普通的福特英格利亚轿车的后备厢。七点五十几分，他们开车离开了伊塔佩塞里卡。

戴着墨镜的这个和气男子名叫沃尔夫冈·杰拉尔，是鲁德尔创立的“同志会”在圣保罗地区的代表，鲁德尔让门格勒去巴西避难时第一时间联系了他。起初，门格勒在金茨堡的家人对这个人有一些疑虑，因为杰拉尔1949年离开奥地利后，日子过得不太好，他会不会不停地勒索门格勒？这个参加合唱团、有酗酒倾向的人值得信赖吗？对于他的为人，那些线人有把握吗？鲁德尔向他们保证，杰拉尔不会索要一分一厘，因为他是狂热的纳粹追随者，对他来说，保护门格勒这种级别的战犯是一份荣誉，一种无价的认可。他给儿子起名叫阿道夫，希望有朝一日能把西蒙·维森塔尔的尸体拖在车后面游街，就像新婚夫妇开着车，车尾拖着罐头盒游街庆祝那样。过圣诞节的时候，杰拉尔家的圣诞树也是用纳粹万字符装饰的。

杰拉尔开着车一路向北，门格勒暗中观察他。他毛茸茸的手臂操纵着方向盘，大长腿在福特车的驾驶座里蜷着，伸不开，让人想起为了在伙伴面前逞能而爬到旋转木马上的大男孩。他吹着口哨，今天是他一生中的重要时刻。二战结束时他只有20岁，现在的工作就是印刷宣传旧势力的传单和反犹材料。如果破坏势力没有联合起来对付纳粹，他本可以成为一名了不起的纳粹士兵。现在他要完成一份同样重要的任务——把著名的门格勒医生送到他这个无名小卒找到的避难所。这个避难所距离圣保罗300公里，在新欧罗巴市附近。接待他的是来自匈牙利的斯塔莫夫妇，男主人叫格扎，女主人叫姬塔。战后苏联入侵的时候，他们离开了匈牙利，几年前在一个中欧移民的聚会上结识了杰拉尔。夫妇俩为人朴实，政治牢靠，不会问那些让门格勒尴尬的问题。

沿途越来越干旱，门格勒也越来越不安。杰拉尔反复向他解释这个藏匿计划，这个由他设计并得到鲁德尔和门格勒家人首肯的计划。他已经习惯安抚逃亡者。门格勒刚到巴西时在杰拉尔的制衣车间工作，杰拉尔像孝子一样安慰他、鼓励他。对于杰拉尔来说，效忠门格勒就是拯救柏林于烈火之中，既是一项义务，也是一份褒奖。这一年来，他把自己的生意、老婆孩子都放到了次要地位。

杰拉尔向斯塔莫夫妇介绍门格勒时，说他是瑞士畜牧专家，年近50，不想独自生活。他叫彼得·霍希比席勒，性格孤僻，最近生活中出了一些状况，主要是健康问题，需要有人陪伴，也需要一份工作，另外，他刚刚继承了一大笔钱，想用来买地投资。格扎是土地测量员，经常在外出差，霍希比席勒可以帮他们看管农场。斯塔莫一家并不富裕，欣然接受了杰拉尔的安排。他们不用给霍希比席勒发工资，只要给他提供食宿，把他“洗白”就行。

没有了柏油路，他们的车在小道上开了几公里，又在荒原蜿蜒的土路上开了一会儿，最后驶入一个破旧的农场。停车的地方，狗儿追着车又跑又叫，一对40多岁的夫妇和他们的两个儿子站在木房子的门廊等候，这一家人迫不及待地想认识这位神秘来客。

43

1961年3月，一个叫门格勒的人在马托格罗索州的一个小城被巴西警方盯上，他的保镖都是印第安人，他侥幸逃脱了警方的抓捕行动。几个月后，他在米纳斯吉拉斯州的一个小镇上被逮捕。可惜，抓错了人，被捕的是一个在当地度假的前武装党卫队成员。1962年2月，警方在毗邻巴拉圭的边境小城发现了门格勒的行踪，巴西特种部队突袭了他落脚的酒店，然而当天上午他就退房了。据阿根廷媒体报道，他在德巴里洛切杀死了一位摩萨德女特工。他随身携带武器，属于危险分子，他还出钱组建了私人部队，保护他的出行。自从他的罪行被曝光，被悬赏通缉，他就成了一些离奇故事的主角，简直和神人差不多。剧作家罗尔夫·霍赫胡特在1963年出版的《基督代理人》中写道："这个撒旦医生、魔鬼的化身，徒有人类的外表，但不能等同为人。"

摩萨德并没有被离谱的传言分散注意力。特别行动队在巴黎建立了指挥部，由兹维·阿哈罗尼领导，他是抓捕艾希曼行动的主要负责人。这个犹太人曾拥有德国国籍，现在发誓要活捉门格勒，让前德国同胞接受以色列法庭的审判。特别行动队掌握了准确的信息，盯住了门格勒在拉美的两个联系人——克鲁格和鲁德尔，然而追捕行动并不容易，因为门格勒在金茨堡的家人难以接近，克鲁格一家疑心很重，特别行动队派了一个花花公子去勾引克鲁格家的女孩儿，却无功而返。以色列方面听说门格勒取得了巴拉圭国籍，这使阿哈罗尼坚信他还在巴拉圭，于是往巴拉圭派了一些特工，还让人跟踪鲁德尔在拉美的行踪，玛莎不仅被跟踪，来往信函也被截获。他还派人渗透到亚松森的德裔社团。摩萨德正在步步紧逼，但没有匆忙行事。在这场较量中，门格勒还保持一定的优势。

1962年春，阿哈罗尼在乌拉圭逮到了一只"大猎物"，所有特工做梦都想得到的"深喉"——萨森。萨森交待说，他的老朋友门格勒玷污了党卫军的名誉。实际情况是他急需用钱，维持奢侈的生活和众多情妇的开销。

摩萨德给了他丰厚的报酬。这个荷兰投机家和门格勒已经很久没联系了，不过他很快发现老朋友去了巴西，新保护人名叫沃尔夫冈·杰拉尔，也是门格勒与外界联络的唯一渠道。摩萨德特工自然不会放过杰拉尔这条线索。一天早晨，杰拉尔开着福特英格利亚前往荒原地区的偏僻农场。

在两名巴西籍犹太特工的陪同下，阿哈罗尼假装去农场附近野炊。三人很快就遇到了想见的人，其中一人中等身材，欧洲人的样子，留着胡子，戴着帽子。此人在后面一言不发，他的两个强壮的同伴与这三人用葡萄牙语攀谈起来。阿哈罗尼让手下和他们聊天，自己暗中观察戴帽子的这个人，此人一直躲避他的目光。就是他，阿哈罗尼非常肯定这个人就是门格勒，天知道他多想扑到他身上，亲手把他掐死。不过他很冷静，必须派另一队人来给他拍照确认身份，这顶多需要几周时间，但是一定要避免最坏的情况——打草惊蛇。三人返回农场，阿哈罗尼回到巴黎指挥部，他要筹划一个比抓捕艾希曼更复杂的行动。

44

回到法国，一个意外的访客正在办公室里等他。清瘦的摩萨德领导人伊塞尔·哈雷尔居然神色紧张，下令停止追捕门格勒，专心寻找一个名叫约瑟利的8岁男孩。警方怀疑他被极端正统派的外公绑架了。孩子的父母是世俗犹太人，收入拮据，于是把孩子送给外公抚养。他们去接孩子回家时，外公告诉他们约瑟利应该接受托拉犹太律法的教育，拒绝把孩子还给他们。等这对夫妇再次登门时，孩子不见了。孩子的外公随后因为拒绝与警方合作被捕入狱，被激怒的宗教人士走上街头表达不满——犹太国家关押老人，监禁一个恪守教规的人，他们大喊“本-古里安是纳粹”。以色列处于内战边缘，正统派和世俗派恶言相向，厉兵秣马，政府摇摇欲坠，总理本-古里安很有可能失去在议会的多数席位和后面的选举。为了稳住局势，必须尽快找到小约瑟利。鉴于孩子可能已经离开了以色列，摩萨德必须介入，出动40名最优秀的探员，寻找孩子的下落。这就是“猛虎”行动，阿哈罗尼当然也被征调去参加这个行动。

阿哈罗尼虽然感到不便，还是服从了命令。距离抓住门格勒只有一步之遥，然而他和手下必须戴着假胡子，混入欧洲、美国还有拉美最奇怪的犹太教组织。追捕纳粹余孽的特工和犹太教士在巴黎毕加尔红灯区把酒言欢，拿着孩子的照片挨个打听，终于发现了一条线索——约瑟利被一个改信犹太教的法国女贵族绑架了。她叫玛德莱娜·弗雷，是抵抗运动中的女英雄。她对孩子外公创立的“耶路撒冷墙守护者”组织十分着迷。绑架的细节颇为离奇，弗雷把小男孩染成金发，打扮成女孩儿的模样，带他离开了以色列。最后，摩萨德在布鲁克林的一个正统派家庭找到约瑟利，把他带回以色列。“猛虎”行动持续了8个月，耗费了摩萨德100万美元的经费。

其间，门格勒搬家了。

45

一年前，门格勒还很难适应新欧罗巴的环境。他到的时候正好是旱季刚开始的时候，而且1961年年末是这个地方历史上最热的一段时间。圣诞节前，一滴雨都没下，晚上也酷热难耐，比奥埃瑙的克鲁格家更加令人窒息。日常工作让人筋疲力尽，土地异常干旱，斯塔莫一家在农场里过着中世纪的生活，没有电，也没有电话。

女主人姬塔小心翼翼地观察初来乍到的彼得·霍希比席勒，他每天一大早就在咖啡种植园里工作，其他工人下班后他才离开农场。他对工作一丝不苟，用心照顾奶牛、鸡、母马还有三头猪。他一边吹口哨，吹的还是莫扎特和普契尼的乐曲，一边在散发着牛粪味儿的牲畜棚里劳作。一个月后，斯塔莫一家，准确地说是姬塔，因为格扎只有周末在家，决定留用这个卖力的农民，虽然他很自恋，每天早晨下地干活前，他会喷点古龙水，还会略显忧郁地在门厅处照照镜子。他永远戴着帽子，工人靠近他时，他会把帽檐往下压一压。天气炎热，他还穿着大靴子和一件类似防雨服的白色工作服，而且扣子一直扣到脖子根，看上去像在港口指挥工人装卸粮食的工长。他的手很奇怪，手心和关节处长满了属于体力劳动者的茧子，手指却打理得很仔细，就像布达佩斯那边的大贵族。他每天要用黑肥皂洗30次手，还用力地搓洗前臂，就像医生在手术前消毒双手一样。

霍希比席勒真是个怪人，就餐和说话的时候十分优雅，但是这个人居然会做猪血香肠。圣诞节前几天，他杀了一头猪，先是用斧子敲碎猪脑袋，再用前一天磨好的刀割开猪脖子。他把喷涌而出的猪血收集到池子里，用双臂不停搅动深及肘部的猪血，防止它凝固，接下来处理猪内脏，取出猪肺、猪腰、猪肝和猪肠。虽然身上沾满了血污，但是他好像热衷于干这件事。这些东西让斯塔莫一家、他们的雇工和雇工的家人在圣诞节大吃了一顿。

一天上午，姬塔趁他在地里干活溜进他的房间，那天他极其罕见地忘记用钥匙锁上房门。姬塔把他的东西翻了个遍，除了折叠整齐的衣物，她找到一把英式雨伞，数百美元的大面值纸币，西班牙语、德语的报纸和科学期刊，一本上了锁的笔记本，一些她怕翻乱后无法复原的文件、几张歌剧唱片，还有一些不太出名的作者写的书，如海德格尔、卡尔·施米特、诺瓦利斯、亨利奇·冯·特勒斯奇克。后来，她意外地发现了他的真实身份。1962年1月27

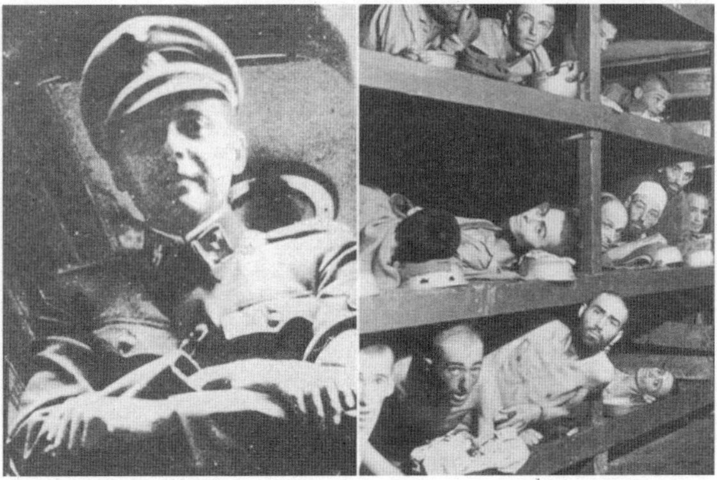

门格勒与他的受害者

日，星期六，格扎带回来一份圣保罗的报纸，头版是纪念奥斯威辛集中营解放十七周年的报道，报道中配了一张年轻党卫军医生的照片，这个名叫约瑟夫·门格勒的医生被称为“死亡天使”，仍然在逃。照片引起了姬塔的注意，照片中的医生目光锐利，眉毛像邪灵梅菲斯特，门牙间有一道缝儿，前额微微隆起。她让大儿子罗伯特找来霍希比席勒，把照片给他看了看。霍希比席勒浑身发抖，脸色比死人还要惨白，然后一言不发离开了房间。

当天晚上，这位瑞士农民几乎没有碰自己的晚餐，他告诉斯塔莫一家，“非常不幸”，他就是门格勒，不过“为犹太人服务的媒体”指责的那些罪行，他没有做过。

46

不管是不是真的，斯塔莫夫妇对门格勒的罪行和奥斯威辛集中营里发生的罪孽毫不在意。二战期间，格扎在德国求学，他和妻子都是匈牙利箭十字党领导人萨拉希的温和支持者，因此他们对匈牙利犹太人被驱逐和1944年年底箭十字党的屠杀行径无动于衷，即使这些种族主义者在多瑙河边射杀无辜，把犹太人、罗姆人和萨拉希的反对者生生扔进冰冷刺骨的河水。他们也吃了苦头，他们的父母原本生活在特兰西瓦尼亚，一战后失去了家园，苏联红军进入匈牙利时，姬塔的一个妹妹被苏联士兵奸杀。从此，他们的故土被苏联人占据，他们被迫迁徙或者待在原地苦挨下去。他们对巴西报纸指控德国医生的罪行无动于衷，但希望平静的生活不要被打破。

他们夜不能寐，这个瑞士农民居然是全球通缉的重犯，联邦德国政府出高价要把他绳之以法。格扎惊慌失措，拿着报纸在卧室里来回踱步，就像举着一支炙热的火炬。报道的作者收到可靠消息称，以色列正在南美策划逮捕门格勒的行动，特别行动将由上次在阿根廷成功绑架艾希曼的复仇小组负责。摩萨德一定会找上门来，突袭他们的农场，杀掉他们的孩子。他们必须尽快摆脱这个房客。格扎决定提前去圣保罗，他要尽快和杰拉尔取得联系。

杰拉尔试着安抚这个匈牙利人，现在谁都不知道门格勒藏在哪里，报纸都是胡说八道，斯塔莫一家不必多虑。他们应该感到自豪，他们为第三帝国的顶尖科学家提供住处，这项任务对于他们这种普通匈牙利农民（杰拉尔觉得他们就是一群蝼蚁）来说是想都不敢想的机遇，而这项任务对必将走向胜利的事业来说至关重要。斯塔莫耸耸肩，提高声调说，自己根本不想掺和到他所说的事业中，霍希比席勒也好，门格勒也罢，必须尽快离开他家。杰拉尔只好答应他，不过得先跟门格勒在金茨堡的家人取得联系。“亲爱的朋友，耐心一点，”杰拉尔摸了摸口袋里的手枪，提醒格扎不要乱说话，不要做不合时宜的事，如果他敢告发门格勒，巴西那些有势力的纳粹分子会让他付出沉重代价，“格扎，想想孩子们的前途。”

47

几周后，杰拉尔的福特英格利亚风风火火地驶入斯塔莫家的农场。他拉开车门，一个矮胖结实的男子走下车，男子的套装因为跨大西洋长途旅行和几公里长的颠簸小路变得皱巴巴的。“汉斯先生”，魔鬼医生的办事员，左手提着一个黑色皮箱，皮箱上系着一根银链，银链另一头绕着他的手腕，他从箱子里取出一个封好的信封。他也想着斯塔臭家的男孩罗伯特和米克洛斯的前途，他摸了摸孩子们的金发，掏出两千美元，感谢他们的父母，同时也为了拖延时间，因为杰拉尔和鲁德尔没能为霍希比席勒找到新住处。现在斯塔莫夫妇有了忍耐的理由，杰拉尔也会尽快回来帮他们卸掉这个沉重的负担。

离开前，泽德尔迈尔和门格勒一起散了散步。他的这位老朋友以前非常注意形象，现在脸庞凹陷、胡子拉碴，穿着像稻草人一样的奇装异服，简直快要认不出来了。斯塔莫一家发现他的真实身份后，他成天提心吊胆，偶尔家里出现一份报纸，他生怕从上面读到艾希曼在耶路撒冷受审的消息，虽然这种消息已经越来越少。他请求泽德尔迈尔把他从罗网中解救出来，他已经被这种无止境的逃亡折磨得筋疲力尽，不断变换藏身之处，与世隔绝，像是一头被美洲狮和食蚁兽包围的困兽。在这片荒原之上，在这该死的高温之下，他没办法连续读三页书，过不了多久，他就会发疯的。泽德尔迈尔搀着门格勒，让他直起身来，把之前拂去华达呢套装上的尘土的手帕递给他，并对他说，门格勒家族不会放弃他，钱可以排除所有障碍。玛莎带着卡尔–海茵茨刚刚搬到南蒂罗尔的梅拉诺定居。她很坚强，是忠诚的德国太太，回绝了所有记者的采访，门格勒对她可以完全放心。门格勒禁不住问：那依琳呢？泽德尔迈尔只得告诉他，她身体很好，生活也很幸福，罗尔夫跟着她在弗莱堡过得很好。不过受母亲的影响，罗尔夫不和门格勒家的人来往，他打算攻读法律专业。这时，泽德尔迈尔盯着门格勒哭红的双眼说：你们不要再写信了，太危险了，常常有陌生人在金茨堡的工厂和宅邸附近转悠，玛莎在梅拉诺也觉得自己受到监视。上个月，两名电工突然出现在家门口，而她并没有请过电工。门格勒只能和杰拉尔联系。

泽德尔迈尔走后，下了几周暴雨，滚烫的雨点砸向新欧罗巴农场和草原。斯塔莫家的孩子躲着彼得伯伯。为了卑微的薪水，格扎远离家人，在广袤的农村丈量土地，内心备受煎熬，因为他让家人接受纳粹狂热分子的恩惠，还要承受被摩萨德突袭的危险。姬塔密切留意霍希比席勒的一举一动。在饭桌上，他沉着脸，一言不发，避免和她四目相对。晚餐结束后，他立刻回房间，锁紧房门，然后姬塔就会听到他在房里来回踱步、喃喃自语。在玉米地里，霍希比席勒冲着工人大喊，每当他们不遵守指令或者没看懂他的手势，没有听懂他不标准的葡萄牙语时，他就大发雷霆。让姬塔感到安慰的是，这三个懒汉（两个黑人，一个混血儿）怕霍希比席勒，工作很努力，以前他们谁都不怕，因为格扎没有威信。这个战犯很会管人。

一个月过去了，杰拉尔始终没有出现。格扎越来越紧张，告诉姬塔下周要带霍希比席勒去圣保罗，不管他愿不愿意去。该结束这场闹剧了，杰拉尔或者其他纳粹狂热分子会收留他们的这个同伙的，反正这不是他的问题。要是纳粹威胁他们一家，他就把整个故事告诉他认识的一个本地记者。姬塔不同意这个计划。纳粹医生可能带着武器，杰拉尔有可能会用极端的方法来保护他。她有更好的主意——既然巴伐利亚的那帮有钱人需要他们，那就无法拒绝他们提出的任何要求。霍希比席勒，她不愿意叫他门格勒，是棵摇钱树。与其把他扔出去，不如提高要价，让杰拉尔再给他们一大笔钱。或者让逃亡医生的家人给他们在更好的地方买个更大的农场。以后，他们有的是办法摆脱霍希比席勒，他总不可能在他们家住十年吧！

斯塔莫夫妇围着摇曳的烛光吵个不停。格扎说她简直疯了，姬塔反唇相讥，说这都是因他而起，要是他挣得够多，他们也不用收留一个奇怪的德国人来补贴家用。结婚前，他向她保证让她过上好日子。她质问他，全家人还要在这个陷阱里撑多久？他有没有考虑过孩子的将来？孩子的教育要花很多钱。如果警察意外抓到霍希比席勒，他们有什么好担心的？他们可以说自己不知道他的真实身份，杰拉尔骗了他们。一周后，格扎屈服了，他听从妻子的建议，到圣保罗向杰拉尔提出他们的新要求。这一次奥地利人很快给了他们回复，门格勒的家人接受他们的提议，他们会出资购买新农场，不过他们只出一半的钱，另一半要他们自己出，他们可以卖掉新欧罗巴的农场。双方达成协议。几个星期后，斯塔莫一家和霍希比席勒搬到了另一个偏僻的农场，面积大约45公顷。5个月后，摩萨德找到了小约瑟利。

48

在塞拉内格拉安顿下来没多久，1962年6月1日，门格勒得知艾希曼在拉姆拉的监狱被执行绞刑，顿时心乱如麻。罗伯特的收音机里播完这条消息，他就回到房间，用笔记录下自己的绝望和恐惧。离开布宜诺斯艾利斯的安乐窝以后，这份恐惧一直萦绕着他，让他动弹不得，无所适从。

艾希曼被犹太人处决了！骨灰被撒入地中海，这样他的妻儿就不能替他收尸，将他安葬。门格勒全身颤抖，额前渗出密密麻麻的汗珠。他在学生用的活页笔记本上不停地写，写了一页又一页。在这些文字中，他用第三人称代替自己把自己叫做“安德烈”。他从来没想过会为这个被羞辱的奥地利倒霉蛋写上几行字，不过为了感谢艾希曼没有揭发自己，他要对自己的命运感慨一番，准备自己的辩词。和以前一样，他只想着自己。门格勒在纸上潦草地写道，艾希曼是替罪羊，一枚弃子。德国人背叛了他，将他遗弃在犹太人复仇的怒火中，贱卖为祖国、为元首战斗到最后一发子弹的英雄，总有一天他们会为此后悔。可耻的德国人，一群窝囊废和卑鄙小人，低劣的领导人把他们变成软弱无能的生意人，只知道把东西卖给出价最高的人，卖给圣殿里的商人①。他们抛弃了艾希曼，在背后捅了他一刀，艾希曼只不过是履行职责，以前我们都以德国之名，为了德国，为了伟大的祖国服从命令。忘恩负义的德国任凭我们的死敌下黑手，把我们钉在耻辱柱上。这世上，哪个国家会惩罚自己最忠诚的奴仆和最优秀的爱国者？只有阿登纳领导的德国，这是一个吞食亲生骨肉的怪物。可怜的我们，一个接一个赴难，无一幸免。

在这风雨交加的夜晚，门格勒体会到了前所未有的孤独。当他咬着胡子宣泄愤怒时，闪电划破夜空，天雷滚滚，就像喀秋莎多管火箭炮在炮轰圣卢西亚农场所在的山丘。地狱和诅咒已经降临，他含糊不清地说着话，已经跌入深渊，三年来他从地面滚到地下，消失于世，无足轻重，只能抓着两根随时会断的细绳保命，一根绳子是随时可能出卖他的这家匈牙利人，另一根绳子就是不知趣的杰拉尔，激进却一事无成的巴西纳粹。太可怕了！清晨时分，浑身大汗的门格勒一头栽倒在床上。

---

① 神殿逐商是《圣经》里的一个故事，耶稣去耶路撒冷参加犹太人的逾越节，走进圣殿，他发现里面乱哄哄的。耶稣大怒，操起一根绳子当鞭子，噼啪一顿抽打，把圣殿里的商贩都驱逐出殿外。

49

一片炫目的白光照在门格勒身上，他站在十字路口中央，四周是高不见顶的房子，没有门也没有窗，只有高耸入云的烟囱。空气里弥漫着烧焦的肉味。门格勒一下子年轻了20岁，穿着党卫军的军装，戴着有骷髅头标志的帽子，锃亮的靴子陷在满地的血污之中，整个小广场空无一人，头顶不时飞过一群黑色的大秃鹰。惊慌失措的门格勒转来转去，找不到方向，他看到八个出口，该选哪一个？突然右边传来一声闷响，像是瀑布的水声，又像是鼓声。响声越来越大，近乎雷鸣。突然又听到动物的叫声，狗叫声，是的，一群狗正在往十字路口跑。门格勒赶紧往左边的小巷里跑，溅了一身血污。他觉得那些狗在不断靠近，虽然看不见，但听得很清楚。他拼命加速跑，一会儿往左，一会儿往右，然后又回到左边，跑得气喘吁吁。突然，狗的尖叫声停止了，烧焦的肉味散去了。门格勒只能听到自己的心跳声。走到下一个路口，他听到一种令人不安的咝咝声。一条眼镜蛇出现在他右手边，挡住了通往希特勒半身像的路。他只好往左走，那是一条长长的走廊，纯金的七枝烛台[1]照亮了墙壁上挂着的上千幅圣母像。他又饥又渴，从头到脚都觉得冷，那是一种渗透到血液里的冷。此时，血水不断地从长廊的墙壁里渗出。不过他重拾信心，因为他看到了远处隧道尽头的光线，那里传来女人和孩子熟悉的笑声和说话声，终于可以走出迷宫了。可悲的是，走过去以后才发现那是刚才的十字路口，他又回到了原点。一些人在旁边一栋楼的天台上弹着乐器，举行派对。第一个看到他的人提醒旁人他的出现，他们纷纷靠近围栏，对他指指点点，评头论足，嘲笑他，朝他扔橄榄核、西红柿、箭，甚至像中世纪的人那样朝他泼了一桶生石灰。门格勒攥紧拳头，却什么话都说不出来。他好像看到了萨森、鲁德尔和弗里奇，他们正在和复仇女巫美狄亚还有倚着大镰刀的农神萨图尔努斯碰杯。这时，天上的猛禽朝他俯冲过来，他跌倒在地，连滚带爬，钻进最近的一条巷子里，全身沾满了血污。天色变暗，他呼哧带喘地径直往前跑，一个小时，两个小时，不停地跑，直到又回到那个该死的十字路口。

现在，夜色降临，一轮弯月照亮了小广场，这里已经恢复了平静。血污不见了，仿佛被红土吸收了。砖房的一楼出现了玻璃窗。每个窗户里都有一台巨大的黑白电视机。门格勒走近窗台，看着窗玻璃上倒映着的自己的

---

① 七枝烛台是犹太民族最常见的宗教标志物之一，也是以色列国徽的中心图案。

形象——面容苍老，戴着宽边帽，留着胡子，一身白风衣。在电视屏幕上，他看见穿着套装的玛莎站在船的甲板上朝他挥手。第二个窗户里的电视上出现的是十几岁的罗尔夫，一手撑头，正在看书，没有抬眼看他父亲。下一个窗户，门格勒看到依琳和弗莱堡鞋商缠绵。他使出全身力气拍打窗户，玻璃纹丝不动。他痛苦地哀嚎，逃到下一个窗口，里面的屏幕上正在播放葬礼的画面，他在一个花圈上看到父亲老卡尔的名字，在送葬的人群中看到弟弟阿洛伊斯、弟妹露丝和他们的孩子迪特尔，还有一身丧服、一脸哀痛的泽德尔迈尔挽着太太，以及金茨堡的一众市政官员。

钟声响起。

门格勒醒来，全身发烫。

50

之后的几天，门格勒的身体每况愈下，卧床不起，谵妄，几乎不进食。姬塔担心起来，要是这个战犯死在他们家可怎么办？显然，格扎不会来帮忙。当她准备去请医生的时候，病人用尽全身力气劝阻她。第六天，高热终于退了。姬塔经常过来看他，给他的房间通风换气，送汤送茶，还给他冷敷额头。她改口叫他彼得。一个潮热的午后，孩子们还在学校，工人还在田地里干活，她迫不及待地把手伸进门格勒的被窝，抚摸逗弄那个软趴趴的玩意儿。门格勒扭曲着身体呻吟着，任由匈牙利女农场主撩起裙子，骑在他身上……姬塔绑好头发，悄无声息地走了。

十五年了，她在这片酷热之地茫然消耗自己，一个人照看孩子，对雇工发号施令，翻动贫瘠的土地，除此之外还要种花，管理财务，做饭，缝补，浆洗。格扎却不知道在什么鬼地方消磨时光，他三周回一次家，钱袋空空，手上捧着一束道歉的花，让妻子原谅他一错再错。他偷走了她的青春。姬塔曾经梦想成为布达佩斯歌剧院或者维也纳歌剧院的芭蕾舞明星，过上浮华的生活。然而别人告诉她，她没有这种运气。她在德布勒森出生长大，曾在当地舞蹈团崭露头角，然而团长毁了她的前程，把她的对手、一个没她天分高的犹太人推向了首都的舞台。她常跟孩子们说，那是个犹太下流坯子，几年后就遭到了上帝的惩罚，全家被送进了集中营，那时中欧到处都是大大小小的集中营。人们再也没见过这家人。然而对姬塔来说，一切早已结束，战争，逃亡，结婚和孩子都成了过去。时间早就摧毁了一切。

她今年42岁，大腿依然紧实，背也不驼，屁股没羞没臊地翘着。巴西的高温、湿热还有嘈杂的居住环境欺骗了这副强壮的躯体。每次格扎外出工作，不出几天，姬塔就会陷入沮丧情绪。霍希比席勒出现以前，她曾经和一个过路的佃农，一个黑白混血的大高个儿男人有过一腿，那也是唯一的一次。那次放纵让这个欧洲女人羞愧难当，花了几个月才平复心情。

彼得对她来说很有吸引力。花白的鬓角、胡子和大背头，像极了彩色杂志上的阿根廷赛车手。他的眼睛顾盼自如。姬塔十分欣赏他的手腕，为了开垦新农场肥沃的红土地，她雇用了七个工人，没有他的手腕，根本管不了这些人。另外，她觉得家里住着一个间谍小说里的人物很刺激，至少能让她肾上腺素上升。格扎活该，她自言自语，以前她就警告过他很多次。

从新欧罗巴搬走前的几个星期，彼得给一头奶牛做了腹疝手术，这让她大开眼界。当时，奶牛的肚子已经变形了，像个拖到地上的大袋子。他剖开奶牛的腹腔，修正出现疝气的部位，敏捷地缝合伤口，手术完美无比，奶牛身上只留下了一道细细的伤疤，很快就恢复了健康。他的才能可以帮姬塔省下一大笔看兽医的钱。还有一天，彼得把她逗得哈哈大笑。他在桉树上发现一个白蚁窝，但没有立刻用火来对付白蚁，而是用绳子绑上重物系在树枝上。他就像是个工程系的学生，不停测算、画图，花了好几个小时摆弄这个可以把白蚁窝一锅端掉的滑轮装置。自从他大病一场，自从他俩交欢以后，姬塔从没见过他如此专心致志、满怀热情地做一件事。几小时后，白蚁就去更远的地方安家了。

彼得不是那种让人永生难忘的情人，和格扎相比，他既没有活力，也没有花哨的心思，但是可以帮助她度过阴沉湿热的午后。他无法拒绝她，这样做对他一点好处也没有。就像她希望的那样，彼得就是棵摇钱树，只要跟杰拉尔抱怨，她就能拿到钱。于是，她在塞拉内格拉的商店给自己买了两条裙子，给孩子们买了皮书包。她还给自己订了一张新床，有电的生活也指日可待。

51

被姬塔“突袭”后，门格勒振作起来，他要分析一下形势。他不喜欢她。染的金发、毫无生气的眼睛和举止都很土气，油光光的脸上还有一些青春痘印，嘴长得很吓人，应该还有不少龋齿，因为她有口臭，上次卧病在床还有被她拉着长聊时就闻到了。她的德语说得比她的蠢老公要好一些，不过匈牙利口音还是让人受不了。然而她是他的保险箱，只要她罩着，他就可以继续躲在斯塔莫家。其实，他觉得圣卢西亚农场挺不错的，不过他是否做好了长留此地的准备？农场被植被包围，气候比新欧罗巴温和些，景色也更加柔和。这里的蝴蝶让他着迷，个头和成人的手掌差不多大，色彩丰富，有红色的、海蓝色的、橙色的、黑底白点的。热带丛林的景象代替了泛黄的无树草原，山丘和森林里藏着涓涓溪流。自意大利先驱建城之日起，塞拉内格拉就以温泉出名。农场建在小山坡上，可以俯瞰整个平原，建筑有点像中世纪城堡。艾希曼被处以绞刑后，门格勒一直心神不宁，现在他略感安稳，离开阿根廷以后，这里是最好的藏身之地。在农田和咖啡种植园后面有一座山，这座石头和乔木组成的天然屏障，常人难以进入，出现意外的时候可以去那里藏身。

门格勒从不出门，也不见任何人，除了杰拉尔，他会送来报纸、书籍、通便栓剂，偶尔还会带一些古典音乐的唱片。来斯塔莫家拜访的人很少，也就是一些邻居、有钱的德国人和意大利侨民。这些人来访之前，门格勒总要问一堆问题，他们是谁？他们从哪儿来？你们和他们认识很久了吗？就算得到了让他放心的回答，他也不肯露面。每周六，罗伯特和米克洛斯的朋友会来家里玩，他和孩子们打个招呼就躲起来。孩子们管他叫彼得伯伯，这个古怪的瑞士大伯禁止他们给他拍照，也不许他们向外人提起他。他还让斯塔莫夫妇雇个看门人，他的家人会支付薪水。他养了十几条狗，十几条由他驯养出来的杂种狗。去丛林里散步时，他就带着这群狗。这群狗的首领叫“吉卜赛”，总是守在主人身边。所有配置中最大的手笔就是六米高的瞭望台，他让一位农场雇工修的，他告诉雇工他要在那里观鸟。由于担心白蚁，瞭望台的用料是石头，而不是木头。与农场紧邻的瞭望台十分雄伟。打扮得像养蜂人的门格勒，脖子上挂着蔡司望远镜，每天到这里瞭望几个小时，盯着山丘上蜿蜒的省道和通往农场的红色土路。没有任何异动可以逃过他的双眼，要是天空放晴，他可以看到方圆几公里的景象，林多尼亚村也尽收眼底。他就像只猫头鹰，黄昏时分登上蚊蝇肆虐的瞭望台，在一片漆黑中探索。窥伺的时候，他可能陷入了思乡的离愁别绪，也可能是犯困，总之他会用杰拉尔帮他在圣保罗买的电唱机循环播放瓦格纳的歌剧和巴赫的清唱剧。当他熬不住要下楼睡觉的时候，狗儿们就开始放哨。

52

在巴西远离人群、无限接近自然的藏身之处，门格勒的生活处于停滞状态，日复一日，周复一周，月复一月。固定的生活伴随着嘈杂的声响和季节的交替，旱季和雨季，暴风雨，令人窒息的暑热，让人无精打采的雨季。一成不变的生活里时常出现一些生物，千足虫、蛇、蝎子、寄生虫、桉树还有菠萝蜜树，菠萝蜜树根须发达，纠缠在一起，像是恐龙的巨足。

门格勒时常生病，不是细菌感染，就是得了疟疾，头痛和各种肌肉酸痛也经常困扰他，偶尔还会出现呕吐、腹泻、战栗和高热的症状。睡眠质量也不好，睡得少而且常做噩梦，梦到一些挥之不去的幻象，焚尸炉的火焰，垂死的婴儿，像蝴蝶一样被钉在实验室墙上的婴儿的眼睛。他还梦见过艾希曼，在耶路撒冷的狱室里，鬓角留着红色长发的犹太教士正在拆他的骨架，把他扔进沸腾的人体油脂中。他还出现了幻听的症状，常常听到呻吟和哭泣声，还有斯图卡的警报声，仿佛这些轰炸机正向圣卢西亚农场俯冲过来。

偶尔他也会忘了自己身处的困局和那些把他折磨得五内俱焚的烦忧。他的狗很听话，看得懂他的手势和眼神，还会亲昵地舔他。为了消遣，他做些木工活儿，雕刻木质的手工艺品。他对热带的花花草草也很感兴趣，这一点和囚禁在圣赫勒拿岛的拿破仑很像。他还写了一些浮夸的诗歌和自传的开头，这本自传会详尽回顾他的童年和学业，如果有一天他能离开这个地方，他想把这本自传交给卡尔-海茵茨和罗尔夫。

其他的一切都充满了艰辛和苦楚。姬塔一直在监视他，经常上门骚扰他。晚上，孩子们入睡后，他不能把热带的包法利夫人拒之门外；下午工人低头劳作的时候，他还得在杧果树后取悦她。田地里和咖啡种植园的活儿已经够他烦的，照顾奶牛和猪更是让他筋疲力竭。党卫军的农业乌托邦，和土地打交道，在大自然里健康生活，这些显然不适合他。于是他把雇工当成“出气筒”，像沙俄时期的地主毫不客气地对待奴工一样，禁止工人抽烟、喝酒，就连周日都不让他们喝酒，一位雇工就是因为违反禁令被他解雇的。他瞧不起阿根廷人，对巴西人更是不屑一顾，因为他们是印第安人、非洲人和欧洲人的混血，在这个狂热的种族论者看来，这些人都是基督的敌人，应该终身为奴。他经常把自己的所思所想写进日记。不同种族杂交混血是一种不幸，是所有文明衰败的起因。混血的副作用可以解释这些工人始终如一的好脾气，门格勒管他们叫“小猴子”。他们成天傻乐，漫不经心，随性处事，身处混乱还嬉皮笑脸的样子让门格勒怒不可遏。“由于巴西人是混血的，这种物质上的混杂导致精神层面的分裂。他们没有清楚的意识和明确的意志，体内存在着相互矛盾的族群。他们组成了不稳定的民族，是一群思想混乱的危险分子，就像犹太人一样。只有忠实于自己种族特性的族群才能拥有健康、有决断力的头脑。”

不知不觉，霍希比席勒继承了门格勒的专横个性，什么事儿都要管。他要求罗伯特和米克洛斯专注学业，考出好成绩，还要循规蹈矩，就像管教自己的孩子一样。他觉得他们的德语很糟糕，一有机会就指出他们的问题。他认为，这两个男孩与其和村里顽皮的孩子嬉闹，用弹弓射蝙蝠，不如学一些乐理知识。他禁止孩子们在他面前嚼口香糖，还告诫他们提防年轻姑娘，只跟欧洲孩子来往。他还极力反对罗伯特在15岁生日那天举行家庭舞会。一天，他撞见孩子们偷偷在瞭望台用电唱机放披头士的黑胶唱片，大为光火。斯塔莫家的孩子们从来没被他这样骂过，姬塔过来调停，他不肯罢休，还跟她吵，吵得愈发起劲。他借机数落她，说她睡得太多，应该注意自己的饮食；刷牙时要仔细些，少抽点烟，还批评她穿得像个农民，在雇工面前挠屁股。她的厨艺也还有进步的空间，不是太咸就是太辣，在调制酱汁和烹制土豆泥的时候，应该精益求精，家务也可以做得更好一些。有洁癖的门格勒对脏乱极其反感。谁要是打乱他一成不变、井井有条的生活，谁就要倒霉。千万不要找他借钢笔、剪刀和书，或者搬动他的椅子、移动他的地毯，否则他会发狂，抱怨个不停，仿佛丢了一样东西就会动摇他脆弱的生活安排，让他巨大的孤独显得更加虚无。

53

1963年年中，门格勒终于又能收到家人的消息了。邮差杰拉尔重新上岗，泽德尔迈尔告诉他不速之客已经离开金茨堡，也没有人在梅拉诺跟踪玛莎。追捕门格勒的行动似乎再次中断。

艰难完成“猛虎”行动后，摩萨德把工作重心放回中东地区。哈雷尔局长依然面临巨大压力，这次威胁极其严重。1962年7月埃及试射了一枚导弹，导弹的射程可以覆盖以色列全境，这无异于灭顶之灾。在开罗街头举行的阅兵仪式上，埃及总统纳赛尔对外炫耀这种射程600公里的新导弹。埃及科学家得到了纳粹科学家还有曾经参与希特勒V2导弹计划的工程师的帮助。最耸人听闻的报道称，代号为333的绝密工厂正在生产900枚火箭，这些火箭可以携带放射性废料或者核弹头。

凭借有限的资源，摩萨德完成了在南美抓捕纳粹分子和解救小约瑟利的行动，这些壮举使哈雷尔成为世界名人，然而摩萨德却无法完成最基本的使命——保卫以色列的安全。人们叫哈雷尔“下课”，恶意中伤他的人指责他把摩萨德变成了搞公共关系的机构。为了辟谣，哈雷尔启动了“达摩克利斯行动”——清除埃及导弹研发计划中的德国科学家。一些科学家收到炸弹信件，一些人被绑架或谋杀。然而在绑架导弹制导系统负责人的女儿的行动中，以色列特工被瑞士警方逮捕并被控谋杀和谋杀未遂。事件引起轩然大波，导致以色列和联邦德国的关系降至冰点，此时，以色列在经济和军事上有求于联邦德国，哈雷尔不得不引咎辞职，梅尔·阿米特将军接替了他的位置。摩萨德的新掌门人没有把追捕纳粹放在优先位置，认为摩萨德应该集中力量搜集情报，对付阿拉伯敌人。以色列需要盟友，抓捕艾希曼的行动在国际社会上造成了不太好的影响。没有国家会在主权问题上开玩笑。

1967年具有决定意义的战争正在酝酿。

门格勒的抓捕行动退居次席。

54

1964年年初，门格勒收到玛莎的来信，一个糟糕透顶的消息——他被取消了所有高等教育阶段的文凭。这简直就像一把尖刀从肋骨缝插入心脏，门格勒一把撕了玛莎的信。因为他背弃了希波克拉底的誓言[①]，在奥斯威辛谋害他人性命，法兰克福大学和慕尼黑大学取消了他的医学和人类学博士学位。

所有的努力和牺牲被这些藏在暗处的官僚主义者清零。门格勒无比沮丧。他，胸怀大志、多次获奖的人民外科医生，基因研究的前沿人才，被剥夺了他最珍视最值得骄傲的人生经历！那他岂不成了一介江湖医生。

门格勒把妻子的来信烧了，也不去种植园工作，带

① 希波克拉底（约前460—前377），古希腊医师，西方医学奠基人。希波克拉底誓言是医学界的职业道德宣言，是医学人员入学第一课。

着狗到丛林里散步，思考自己为何失宠。被诅咒的、不公正的德国！他不过是执行纳粹人种政策的小兵。大约二十年前，德国人把达尔文主义和优生学视为分工细化的现代社会的基石，所有人都希望投身生命科学，因为它的职业前景受人尊重，收入颇丰。门格勒对着忠犬“吉卜赛”喃喃自语，是啊，德国社会只有生物领域还尚存理性。种族和血统是生命的基本法则，支配着法律、战争、性、国际关系，医学是顶级科学。在大学里，与他同届的同学都很羡慕古希腊，那时候，人类个体将有生之涯献给集体和国家，服从整体的各种需求。在他们这代人看来，低等人、不能生产的人和社会的寄生虫不配活着。希特勒为他们提供了指引，追随元首的可不止门格勒一个，所有德国人都被元首迷住了，对他交托的宏大使命如痴如醉——治疗苍生百姓，让种族更加纯粹，建设顺应自然的社会秩序，扩大生存空间，使人类趋于完美，这些，门格勒都做得到，他自己也很清楚。人们为什么要谴责他，如此轻率地撤销他珍视的大学文凭？他不过是敢于通过清除病人去清除疾病，体制鼓励他这么做，法律也允许他这样做，谋杀是一种国家行为。

门格勒气愤至极，朝眼前的白蚁窝狠狠踢了一脚，狗儿又叫又跳。德国卡特尔在奥斯威辛奴役犯人，把他们压榨至死，自己挣得盆满钵满。奥斯威辛是一家硕果累累的企业，他还没进集中营的时候，那里的犯人就为法本公司生产合成橡胶、为克虏伯生产武器。亚历克斯·辛克毛毡厂向司令部成袋购买女人的头发，用来生产潜艇船员穿的袜子和铁路上的管道。舍林实验室资助他的同事进行体外人工授精实验，拜耳在集中营犯人身上进行伤寒新药的实验。门格勒咕哝着说，二十年后的今天，时过境迁，这些老板改主意了，他们和家人聚在慕尼黑和法兰克福的大别墅里，抽雪茄，品美酒，而他只能天天踩牛粪。叛徒！贪生怕死之徒！败类！当年，众多企业、银行和政府联手在奥斯威辛攫取暴利，他没有从中拿到一芬尼[1]，现在却要替所有人埋单。

55

这一天，门格勒心里很是苦闷。他感慨命运不公，不过和以前一样，他没有一丝自责和后悔，他把怒火发泄到狗和猴面包树上。这片原始森林对他的发泄充耳不闻，自顾自发出或低沉或欢快的声响。门格勒在林中空地停下脚步，坐在一根倒下的树干上，双手捧着脑袋，开始回想奥斯威辛集中营的同事们，当时有20名党卫军医生在那里

① 芬尼为德国旧货币，1马克等于100芬尼。

工作。霍斯特・舒曼负责绝育，先给所有人做X光检查，然后给男性做生殖器切除手术，给女性做卵巢摘除术；卡尔・克劳伯格把动物胚胎植入女性人体，然后给她们做灭菌处理，也就是往她们的生殖系统里注射以福尔马林为主的消毒液；药剂师维克多・卡佩休斯往集中营外倒卖假牙，这些带血的假牙是从遇害的犹太人口里拔出来的；弗里德里希・恩特里斯给关押的犹太人接种伤寒疫苗，如果要除掉他们，他就往这些人的胸腔里注射酚类制剂；奥古斯特・希尔特负责给同性恋注射荷尔蒙，为了犹太人骨骼分类研究，他害死了很多人。其他在集中营作恶的人（各地集中营里共有350名大学老师、生物学家和医生）和参加T4安乐死计划的人，他们后来怎么样了？一些人自杀了，还有一些战后在纽伦堡审判中被判刑，然而大多数都成了漏网之鱼，他们和家人团聚，回到世俗社会，继续自己的职业生涯。门格勒对此一清二楚，也因此痛苦不已。

回到农场，他爬上瞭望台，抱头痛哭。他想到自己的导师欧根・菲舍尔和冯・费舒尔男爵，这两位都安然脱身。菲舍尔曾经在纳米比亚屠杀赫雷罗族和纳马族，后来成了种族卫生理论大师、启发希特勒的头面人物。这个老家伙在弗莱堡安享晚年，还有好友哲学家马丁・海德格尔作伴。作为德国人类学和解剖学学会的荣誉会员，菲舍尔还出版了回忆录——《与死者相遇》。门格勒的父亲去世前菲舍尔还给他寄了这本书。冯・费舒尔，威廉皇帝学会人类学、人类遗传学与优生学研究所的掌门人，门格勒在集中营采集的血液样本、颜色不同的双眼标本还有孩童的骨架都是寄给他的。他是元首的狂热崇拜者，称赞希特勒是“第一位关注生物遗传和种族卫生的国家领导人”，战后，他在明斯特大学担任人类基因学教授，后来还当上了院长，领导联邦德国最大的基因研究中心。门格勒还记得，有一次他从苏联前线回来休假，和冯·费舒尔一起去电影院看《永远的犹太人》，每当银幕上出现犹太人，他们就和其他观众一起喝倒彩。和邻座的观众一样，他们吃的覆盆子口味的糖果也带着纳粹万字符的装饰。这两位医生对纳粹主义抱有同样的热情。在阿根廷的时候，门格勒曾多次给他写信，男爵从不回信，还把战争末期有可能连累自己的信件资料统统销毁。不论是他还是菲舍尔，在战后都没有受到起诉。

门格勒在瞭望台上握紧拳头，一遍遍咒骂，“婊子养的，婊子养的！”

1967年，菲舍尔在家中去世，享年93岁。两年后，冯·费舒尔在一场车祸中丧生。

56

格扎有没有怀疑妻子在撒谎，在偷情？与脾气暴躁的纳粹纠缠不清？格扎蔑视门格勒，这个乐天随和、无忧无虑的匈牙利人好吃懒做，爱喝酒、唱歌、抽烟，从门格勒身上获得好处。回家休息时，门格勒总会给他制造一些烦恼事儿。为了反击，格扎故意叫他“霍希比席勒医生”。门格勒打心眼里瞧不起格扎，还毫不顾忌地表露出来。如果只靠格扎，斯塔莫一家只能在草原深处过一辈子。凭借门格勒的资金，他们搬了家，购买了农机，收入翻了番，姬塔置办了几身衣服、新床具和餐具，这些以前她想都不敢想的物件。再说这个家门格勒也有份，所以他自认为可以给无能的格扎一些建议，首先应该向老板要求加薪，因为老板在无耻地剥削他；其次两个孩子应该严格管教，他们的学习成绩并不理想；另外，罗伯特留着锅盖头，看上去像个二流子，应该经常理发。这个家看上去就像一个管理不善的企业，因为一家之主没有威信。每次看到格扎抽烟、喝李子酒，门格勒就要训斥他，跟他讲纳粹如何向癌症宣战、纳粹预防烟草和化学添加剂的公益宣传、公共场所禁烟令和帝国时期出现的第一批禁烟列车车厢。在饭桌上，他禁止斯塔莫一家说匈牙利语，因为他觉得他们在说他的坏话或者谋划一些对他不利的事情。他要求给他准备更容易消化的全麦面包，少做一些格扎和孩子们爱吃的匈牙利菜，比如用西红柿和甜椒熬的鱼汤和鹅肝炖小羊排。除了李斯特，门格勒鄙视所有匈牙利人，在他眼中，他们只不过是代表“次文化”的“低等民族”。格扎身上集中体现了匈牙利的所有缺陷，这个被戴了绿帽子的土地测量员周末与家人团聚时，总是难逃门格勒的数落。周日午餐的餐桌上，门格勒对着斯塔莫一家细数匈牙利的战败史，指责他们全面落后于“正直勤劳的”德国，大战期间，对德国态度模糊不清，战后被苏联占去三分之二的领土，这是“只会制作色拉米香肠和红椒粉的吉卜赛民族应得的惩罚”。

格扎只好躲着咄咄逼人的门格勒。尽管他在妻儿面前被贬低，他也从不正面对抗这个强势的德国人，而喜欢用调侃圆滑的口吻刺激门格勒，嘲讽他的种族和德意志优越论，说“德国现在被别人占领了，亲爱的霍希比席勒医生”，还笑话元首是一个“没力气的素食主义者”。格扎经常模仿希特勒，头顶一口滤锅，双手握拳，咧着嘴似笑非笑，嘴角泛着白沫，逗得孩子们和姬塔大笑。门格勒始终将希特勒奉为“世纪伟人、与亚历山大大帝和拿破仑齐名的历史巨人”。格扎每次都能打压他，气得他破口大骂，摔门离去，躲进瞭望台。在孩子们和讨厌门格勒的雇工的鼓励下，格扎发明了一套折磨门格勒的方法。一个周日，他试着用新买的尼康相机给他拍照；下个周日，他告诉他村里来了一群可疑的以色列游客；过了一周，他蓄起大胡子，让自己看上去像美国电影明星格鲁乔·马克斯[①]。只要在报纸上看到和他的罪行相关的报道，例如纳粹分子被捕、战犯在联邦德国受审和“纳粹猎人”西蒙·维森塔尔的新发现，格扎一定会把报纸带回家。大多数情况下，姬塔会在两人之间发挥缓冲作用，偶尔杰拉尔会被叫来调停，他会带上一盒巧克力和一沓美元，让家里恢复和平，然后格扎重新出发去工作，门格勒继续控制农场的日常。

门格勒得知自己被取消学位后过了几周，1964年复活节后的周一，两个男人竟然动起手来。那天，广播里播了一则奥斯威辛集中营审判的报道，当时案件已经在法兰克福审理了好几个月。门格勒的名字经常被提起，一些幸存者出庭指证他的残忍罪行。格扎略带夸张地问：“霍希比席勒医生，您应该鼓起勇气接受审判！既然您认为死亡这么有价值，那您就没什么好怕的！您只不过是完成自己的使命，不是吗？您所做的一切无可指摘啊？像个战士一样站出来，跟您的同胞解释在奥斯威辛您是怎样防止他们退化，维护这个种族的健康……”

门格勒给斯塔莫一家定了不少规矩，禁止谈论奥斯

① 格鲁乔·马克斯（1890—1977），美国犹太裔喜剧演员。

威辛集中营这一条他决不妥协，他甚至不允许他们提奥斯威辛这几个字。这一天，门格勒气得直接扑向格扎，使出全身力气掐住他的脖子，匈牙利人尖叫挣扎。姬塔和孩子们赶紧过去把他们分开。米克洛斯拽着纳粹分子的头发，姬塔使劲踢他的腿，罗伯特跑向花园，回来的时候，气势汹汹地举着个耙子。门格勒终于松手了。格扎摇摇晃晃地站起来，满脸通红，吼道，这太过分了，这是最后一次。他用德语冲着霍希比席勒喊“出去”，“滚出去，现在就滚，否则我就要报警了！”门格勒嘴角露出一丝坏笑，傲慢地看着这家人，想把一切说破，告诉格扎他老婆是个婊子，告诉孩子他们的母亲是个堕落的娼妇。不过，这家伙捻着胡子想了想，又改变了主意。既然他在战争中从苏联红军手上死里逃生，战后又从美国人手里逃脱，直到现在也没被摩萨德抓住，不能为了几次风流韵事就去送死。他们可是四个人，那些恨他的雇工肯定会出手帮这家人。门格勒双手交叉在胸前，平静地说，这就是他的家，农场有他一半。他卷铺盖走人的话，他们也得离开。杰拉尔被紧急召来，讨论如何“友好”地散伙。这次，连姬塔也下定了决心，彼得实在太过分，他不走，她会疯掉，她的家人也活不下去。

在征得泽德尔迈尔同意并且获得鲁德尔帮助后，杰拉尔着手寻找撤退方案。他告诉斯塔莫一家让霍希比席勒去阿拉伯国家的计划，把他转移到埃及、叙利亚或者摩洛哥，不过最后什么都没发生，手续太麻烦，门格勒在纳粹圈的名声已经漂洋过海，没有人愿意收留这个碍眼的霍希比席勒。门格勒家族必须有大动作，才能让斯塔莫一家继续留着这匹害群之马。否则，一纸逮捕令会让门格勒企业健康可靠的形象受损，这家企业正在德国和全世界急速扩张，于是门格勒家族提议给格扎买辆车。匈牙利人没有立刻回复，甚至一度回绝了这个提议，不过最终他获得了一辆车和一个司机，还有一大笔钱，他告诉杰拉尔，“钱是用来保养车子的”。

令人不快的三人行得以继续。

57

1965年2月，“里加刽子手”“拉脱维亚的艾希曼”赫柏茨·希库尔斯的尸体在乌拉圭蒙得维的亚被发现装在一个箱子里。二战期间，飞行员出身的希库尔斯曾经把犹太人关在犹太教堂里，然后放火把他们活活烧死。他是被摩萨德的复仇突击队干掉的，尸首上挂着一张纸，纸上的文字是用打字机打出来的：“鉴于赫柏茨·希库尔斯被控的重罪，特别是他在屠杀3万男女和儿童中起的作用，鉴于他在施暴时表现出的极端残忍，我们判处希库尔斯死刑。”

集中营的受害者

次级纳粹战犯遇害的消息让门格勒更加谨慎，陪伴他的狗群越来越大，使用的望远镜越来越高级，在瞭望台上观察村庄动向的时间也越来越长。一天晚上，他在瞭望台上看到一束强光。灯光忽明忽暗，不断靠近，门格勒的心怦怦加速，一辆汽车在爬坡，狗群聒噪起来，他给手枪上了膛，哆哆嗦嗦瞄准那片昏暗不清的地方。他想下楼，可是腿却不听使唤，这时车已经停在大门外。他听到门开启的声音和年轻男子低声说话的声音，看到一些影子溜进来，狗儿们不停地叫和跳，突然有人大喊，“是我，是我！”原来是罗伯特和朋友聚会归来。

和德国通信联络时，门格勒也提高了警惕，他用首字母代替人名地名，就像儿时游戏一样，P代替他自己，R代替罗尔夫，Situ Un代替塞拉内格拉。通常，他的信先寄到瑞士的一个邮箱，偶尔也会寄给一个住在奥格斯堡的家族友人，然后泽德尔迈尔去取，再分送给相关的收件人。寄给门格勒的信会投递到杰拉尔的邮箱里。门格勒的字迹又小又密，很容易辨认，后来他开始用打字机写信。

1964年年中，赫柏茨·希库尔斯被处决前的几个月，门格勒差点碰到大麻烦。他和金茨堡家人的通信系统险些被人发现。黑森州总检察官鲍尔在法兰克福签发了搜查泽德尔迈尔住所的搜查证，他深信泽德尔迈尔是门格勒和他的家族之间的联络人。然而警方在泽德尔迈尔家一无所获，没有搜出一封信，也没有搜到任何对他不利的证据和线索，因为这一次他又在最后关头收到线报，警局的一个线人打电话告诉他警察正准备去搜查他家。

联邦德国政府虽然签发了逮捕令，但对缉拿门格勒并不上心。政府部门用了一年多的时间才把门格勒的指纹送到南美洲的各大使馆。门格勒以商人身份在巴拉圭各地寻找商机的时候，曾在德国人开的农场偶遇一位德国使馆的打字员，当时打字员的脚崴了，门格勒帮她处理了伤口。她只知道他的名字，并不了解他的过去。回到亚松森后，她惊讶地发现在领事处的记录里没有这位医生的名字，于是她向外交官们报告了这件事。相应的调查随之启动，然而进展缓慢，调查人员最后追查到克鲁格那里，却轻信了他的谎言。

联邦德国政府并没有为抓捕门格勒投入太多资源，

既没有派官员，也没有派情报人员。联邦德国的情报系统里充斥着纳粹分子，对他们来说，找到鲁德尔、萨森、克鲁格和冯·埃克斯坦并不难，因为他们从来没有掩饰对第三帝国的忠诚。联邦德国政府热衷于各种程序，认为只要悬赏通缉这个反人类的战犯就可以高枕无忧。外交部拿到门格勒取得巴拉圭国籍的相关证明后，政府把追捕重心放在了巴拉圭，德国人坚信门格勒住在亚松森或者上巴拉那省。1962年，联邦德国政府向巴拉圭政府提出引渡门格勒。从鲁德尔那儿得知门格勒已经逃往巴西后，斯特罗斯纳将军明确拒绝了联邦德国政府的请求，他回复联邦德国政府，门格勒已经离开巴拉圭，但是如果他在巴拉圭境内被捕，巴拉圭也不会把他移交给联邦德国政府，因为巴拉圭要保护自己的公民，混淆视听的做法似乎给斯特罗斯纳将军带来了一种幸灾乐祸的快感。次年，阿登纳总理许诺只要巴拉圭交出纳粹医生，德国就向巴拉圭提供1000万美元的发展援助资金，然而将军还是一味拒绝。联邦德国政府据此推断巴拉圭政府高层在庇护这名纳粹逃犯。1964年，在法兰克福举行的奥斯威辛集中营审判吸引了全球的目光，联邦德国政府承受的压力越来越大。外交部对外宣布门格勒已经成为巴拉圭公民，住在巴拉圭、阿根廷和巴西三国交界处，经常去巴西。联邦德国驻巴拉圭大使请求斯特罗斯纳将军取消门格勒的国籍，因为他是通过撒谎才获得这一身份的。斯特罗斯纳将军只好重申，门格勒已经离开多时，联邦德国政府僭越巴拉圭主权是不可接受的。如果大使阁下继续提出这样的要求，他将成为不受欢迎的人，外国势力绝对不能影响巴拉圭行使主权。几个月后，泽德尔迈尔家被搜查，与此同时，弗里茨·鲍尔总检察官召开新闻发布会，宣布交出门格勒的人可以获得5万马克的奖金，还告诉媒体，门格勒行动自由，以新身份在巴拉圭生活，他很有钱，也结交了不少可以保护他的达官贵人。巴拉圭内政部部长对此提出异议，称门格勒藏在巴西或者秘鲁。一年后，一名前党卫军军官在巴拉圭被捕，他发誓说见过门格勒医生几次，这样一来，没有人再相信斯特罗斯纳政府的鬼话了。

碰壁之后，联邦德国政府于1965年任命了新大使，以期改善两国关系。众多德国人和德国人后裔在巴拉圭生活，巴拉圭也是西方国家防止苏联和古巴联手“遥控”南美的重要棋子。于是，在门格勒的问题上，联邦德国政府突然停止施加压力。

以色列人也没有继续追踪门格勒，因为以色列面临来自叙利亚和埃及的致命威胁。摩萨德没有把他们在巴西搜集到的情报转给联邦德国情报部门，这很好理解。但摩萨德为什么不把情报交给鲍尔总检察官？之前可是他向摩萨德提供了抓捕艾希曼的情报。

这是个谜。

58

因为“现实政治”的意外情况，相关国家中断了追捕，记者和纳粹猎人继承了这份未竟的事业，驱动他们的是名誉、一生一次的独家新闻和金钱。他们把巴拉圭翻了个遍，然后臆造出一个类似于007电影《金手指》里的大反派的人物：他富可敌国、无法战胜、异常狡猾、被人四处追击，但每次都能金蝉脱壳，即使在最危险的情况下，也能安然脱身。20世纪60年代中期，如果说詹姆士·邦德是银幕英雄的代表，门格勒医生就是冷血残暴的纳粹的代言人，一个让人血液凝固的符号，一个能让书籍报刊销量攀升的人物 。

在一部捷克纪录片里，门格勒身穿短袖衬衫出镜了几秒钟的时间，该片的巴西导演说，门格勒自称恩格瓦德医生，住在巴拉圭和阿根廷的边境地区，经常搭乘巴拉那河上的“维金号”。一名阿根廷女记者在报道中称，门格勒隐居在巴拉圭阿尔托斯市附近的一家农场，有美女相伴，因为他是擅长勾引女人的“万人迷”，虽然上了点年纪，不过体力充沛，喜欢跳舞和交际。一名前党卫军成员表示门格勒和他的朋友马丁·鲍曼（1945年就死在了柏林）都整过容，两人经常在亚松森和拉巴斯①的高级餐馆聚餐。一位船夫对门格勒的描述是沉默寡言、缺乏教养、留着胡子，经常往来于巴拉那河两岸。一个自称鲍曼以前的保镖的人告诉《星期天时报》，门格勒加入了巴拉圭军队，驻扎在该国北部的军营里，拥有少校军衔。巴西警方1966年5月对媒体宣布抓到了门格勒，验明正身后发现抓到的是一名德国游客。两年后，一名前宪兵队员信誓旦旦地说他开枪击毙了门格勒，当时门格勒在巴拉那河的一艘小船上，他击中了他的胸部和颈部，魔鬼医生随后跌入水中，淹死了。

这个让人捉摸不透的关于刽子手的传说大多归功于西蒙·维森塔尔。他是出生在加利西亚地区②的犹太人，家人大多在大屠杀中遇害。作为幸存者，维森塔尔在战争结束后立即开始搜集纳粹战犯的信息，他先后在林茨③和维也纳生活，并在维也纳建了一个小型的历史档案中心。自传《我猎到了艾希曼》发表后，维森塔尔成了“国际巨星”。在这本书里，他把自己描写成追捕党卫军高级官员行动中的关键人物。实际上，他发挥的作用十分有限，因为总检察官鲍尔所做的工作不为人所知，摩萨德特工要遵守严格的保密制度。维森塔尔总是穿着粗花呢外套，说英语和德语时带着意第绪语口音，是个喜欢诱惑别

① 拉巴斯是玻利维亚的行政首都。
② 加利西亚是历史上一个中欧地区名，该地区现在分属乌克兰和波兰。
③ 林茨是奥地利北部港口，位于多瑙河畔。

人的狡猾男子。然而在普罗大众，特别是美国人眼中，他是一位孤胆英雄，他在维也纳的办公室经常收到恐吓信，办公室里挂着一张令人胆寒的地图，地图上标记了所有屠杀犹太人的集中营。他是中东欧犹太族群里的“最后的莫希干人”[①]。维森塔尔的确帮助相关机构发现了一些纳粹分子的藏身之处，在他的推动下，追诉德国战争罪行的时效先是被延长，后来被彻底取消。然而，他首先是一个很会讲故事的人，很早就知道利用媒体。现在艾希曼已经被审判、被处决，于是他把无限的精力投入到门格勒的追捕中。虽然他有一张强大的信息网，但他并没有找到门格勒的下落，于是他不停地讲门格勒的故事，还添油加醋，让人们不要忘记这个戴着白手套的医生在集中营犯下的罪行，让这个罪人在任何地方都得不到安宁。

他精心包装了门格勒在德巴里洛切杀害摩萨德女特工的传闻，于是女特工变成了人们想象中的金发美人，门格勒在奥斯威辛集中营给她做过绝育手术，后来他在德巴里洛切认出了她，和她共舞时又辨认出她前臂的纹身，于是趁她在山间小路散步之际，把她推下悬崖。

门格勒成了乘喷气客机出行的富人，还会分身术，维森塔尔走遍秘鲁、智利、巴西，甚至潜入巴拉圭戒备森严

① 《最后的莫希干人》是美国作家库柏的小说。小说以1757年英法两国在美洲争夺殖民地的七年战争为背景，讲述了殖民者与土著莫希干族内部的斗争以及追求独立自由的白裔土著与殖民者之间的故事。

的军营都没能找到他。在保镖的护卫下，他开着黑色奔驰车，出入于亚松森各大高档餐厅。埃及总统纳赛尔拒绝他的入境申请后，他和玛莎乘私人游艇去希腊小岛基斯诺斯度假。维森塔尔收到消息后，立刻派了一名记者去希腊拦截逃犯。基克拉迪岩石酒店的老板告诉记者，一个德国人和他的太太前一天退了房，他不知道他们航行的下一站是哪儿。维森塔尔在书中写道，“门格勒又赢了一局”。下一局的赢家还是门格勒。1964年3月，奥斯威辛集中营幸存者突击队“十二人委员会”来到巴拉圭的恩卡纳西翁，计划在“一个昏暗炎热的晚上”绑架住在蒂罗尔酒店的门格勒。门格勒就像有第六感的通灵人士，“凌晨1点，当突击队队员迅速爬上楼梯，撞开3楼26号房的房门时，房间里空无一人”，然而床上的被褥还是温的。在复仇者到来之际，门格勒接到一个电话，然后穿着睡袍往丛林里逃。10分钟后，复仇者冲进了房间。

维森塔尔还给读者们准备了一个惊天秘密——门格勒在1967年的住址。“门格勒住在圣文森特港和卡洛斯-安东尼奥-洛佩兹城堡之间的军事区，位于亚松森和圣保罗的公路边，距离边境线和巴拉那河都很近。在德国移民开发的丛林区，他住在一栋白色的临时建筑里。只有两条路可以通往这栋与世隔绝的房子，沿路有巴拉圭士兵和警察巡逻，他们严格执行命令，盘查所有车辆，违抗者格杀勿论。要是警察的工作出现疏漏，还有四名全副武装的保镖贴身保护门格勒，他们用无线电和步话机随时沟通情况。这四名保镖是门格勒自己出钱雇的。”

59

在人们把门格勒想象成无所不能的恶棍时，门格勒正忧心忡忡地蜷缩在床上，那是1967年9月的一天夜里，他已经在塞拉内格拉生活了五年多，却从来没有离开这个藏身之处半步。这一天，他再次陷入焦虑。他不该读杰拉尔在某个加油站捡到的一本旧《明镜周刊》，里面关于阿尔伯特·斯佩尔的报道让他感到窒息。接受采访时，斯佩尔刚刚在柏林斯潘道监狱服完二十年的刑期。希特勒的建筑师、门格勒眼中的“战犯”的忏悔让他如鲠在喉。元首身边的红人、前军备部部长居然对清洗犹太人的计划一无所知？他不是明明调用过集中营的劳动力？看着斯佩尔一脸羞愧地站在海德堡的豪华别墅前摆拍的照片，门格勒气得把杂志摔在地上。他无法入睡，于是下床去瞭望台。

在不开灯的房里，伴随嗡嗡的噪音，他静静地听着舒曼的小提琴协奏曲。在这里，无论白天黑夜都能听到热带地区特有的轻柔底噪。风吹动树叶，门格勒陷入沉思，他想到烂熟的菠萝蜜果实，舒曼短暂一生闪现的音乐幻境，还有与夫人伊丽莎白·尼采一同创立的“新日耳曼尼亚”农场倒闭后，在酒店房间自杀的贝尔纳·福斯特，他还想起在这个四季毫无变化的景致中流走的光阴。在南美逝去的年华让他更加思念故土，也损耗着他的精力。他想念德国秋季的薄雾、11月的初雪、春天鲜花绽放的草地和浸透青春的清亮湖水。门格勒知道人终究无法逃脱穹顶之下这间天然的牢房。他自问，既然他的盟友不断背叛他，敌人的数目与日俱增，与其虚度光阴、承受逃亡之苦，是不是应该自行了断，结束这场注定要输的赛鹅图[①]游戏？

1967年2月，索比布尔集中营和特雷布林卡集中营的前指挥官弗朗茨·施坦格尔在圣保罗的家中被巴西警方逮捕，旋即被引渡回联邦德国。消息公布后，气愤不已的杰拉尔立刻跑到塞拉内格拉，告诉门格勒，他要去给这位同胞做担保人。在杰拉尔口中，这个要对100万人的死负责的党卫军军官是“一个杰出的人，波兰集中营里最优秀的指挥官”。门格勒说服了他，让他保持冷静，在圣保罗地区暂停新纳粹主义活动，因为这会引起警方注意，甚至把警察引到这儿来。施坦格尔被捕的困扰尚未平复，6月发生的六日战争[②]让门格勒备感失望。门格勒天天守在格扎几个星期前为孩子们买的电视机前了解战事。纳赛尔有谎

---

① 一种掷赛游戏，通常使用两颗骰子，决定代表鹅的棋子的前进步数，途中若抵达某些特定格子要完成特殊规定，以抵达终点为胜利。

② 第三次中东战争，以色列彻底打败了埃及、约旦和叙利亚联军。

语癖，比庇隆好不了多少。无耻的犹太人碾压了他的军队和阿拉伯联军，还夺走了耶路撒冷、格兰高地、西奈半岛和整个巴勒斯坦。门格勒感到六神无主。

在这座可笑的瞭望台里，寒意和内心的无力感让门格勒瑟瑟发抖，他盯着墨黑色云层遮挡住的那轮红月。1967年9月的这个夜晚，门格勒感到自己一败涂地，看不懂他逃离的这个世界，这个不再属于他的世界，这个把他——“替魔鬼赶车的人”开除了的世界。在南半球的整个冬季，他在电视里看到年轻的德国人质疑祖训、秩序、等级、权威，向父辈问责，发型怪异的人在旧金山手舞足蹈欢庆“爱之夏”①，然后向加德满都进发，白人在美洲捍卫黑人的权益。德国当代艺术家让他感到恶心，他们在科隆、慕尼黑和柏林西部聚集，形成群体，他们是用煤炭、瓦砾和锈钢创作社会题材雕塑的博伊斯、“零族”②、里希特、基弗，还有维也纳行为艺术家布鲁斯、米尔、尼奇，他们划开自己的皮肤，胡乱地把血涂在画布上。还有那些迷幻音乐家，用电子琴、笛子和打击乐器埋葬了瓦格纳的浪漫抒情。他们的宇宙悲歌直抵德国的灵魂深处，那

---

① 原文保留了英语，Summer of Love，是一种社会现象，后来被称为“嬉皮士革命”。

② “零族”是德国艺术家奥托·皮纳和海因茨·马克创立于1958年的艺术团体，他们提出“零是沉默，亦是开始”。“零点时刻”标志着二战恐怖之后一个全新的开始，它是抽象的，是光亮，是能量。

是他们践踏历史时发出的绝望呼喊。受战争的折磨，艺术家、画家和音乐家逃避说话委婉、充满伪善和谎言的德国，逃避如捕食者般的父辈的卑劣历史，逃避破坏圣像的德国，逃避酷刑室，逃避人类罪恶的泥潭，逃避在他们看来与博斯的三联画《人间乐园》右边那幅联系在一起的德国、与地狱和魔鬼联系在一起的德国，逃避肆虐欧洲的大瘟疫的发源地，逃避它的死亡工厂、奥斯威辛、特雷布林卡，而这一切都是因为门格勒。

60

看电视成了斯塔莫一家每晚的“必修课”。门格勒穿着拖鞋，窝在沙发里，盖着柔软的毯子，琢磨电视里的新闻，他的狗“吉卜赛”在脚边打盹。门格勒强迫姬塔和孩子们看新闻节目，还要忍受他吹嘘巴西军事独裁统治“充满阳刚之气”，称赞苏联入侵布拉格“具有决定意义”，对美国陷入越战泥潭发表幸灾乐祸的评论，悲叹“被物质主义、个人主义还有战后美国带来的秽物腐蚀的”西方世界，嘲讽1968年的学生运动，说他们是“无国籍的毛头傻小子，分不清自由和无政府主义”。德国的新闻更是让他气不打一处来，“纳粹分子基辛格和叛徒勃兰特”组成的大联合政府，“领导人软弱和失职”。每当电视里出现部长或者皈依民主的纳粹，他就破口大骂，“叛徒、老鼠、分裂分子、满口谎话的骗子、混蛋”。他时常气得从沙发上跳起来，踱着大步在客厅走来走去，喷一些仇视《旧约》和基督教的狠话，把遥远的祖国的“堕落”归咎到这两者之上。这时候，斯塔莫家的孩子们就会暗暗嘲笑彼得伯伯。不过，泽德尔迈尔传来了一个好消息——他的头号敌人总检察官鲍尔1968年7月1日离奇死亡。

他和格扎的关系仍然很糟，两人经常互相找茬、对骂。格扎和姬塔重归于好，之前妻子怀疑他在圣保罗养了个情妇。为了报复，门格勒公开和农场女工鬼混；姬塔也不示弱，当着他的面，依偎在格扎怀里窃窃私语，爱抚着他的脖子。杰拉尔必须经常介入，缓和他们的紧张关系，然而1968年10月的危机超出了他的能力范围。斯塔莫一家想卖掉塞拉内格拉的农场，不再务农，去别的地方住。格扎得到了升职机会，想搬得离上班的地方近一些，然而霍希比席勒医生不愿离开自己的小城堡。门格勒一家焦急万分，赶紧联系鲁德尔。家族中的流亡者仓皇离开后，鲁德尔就开始代理他们在巴拉圭的生意。

几周后，前飞行员告诉杰拉尔一个令人振奋的消息——“里昂屠夫”克劳斯·巴比可以收留门格勒，此人曾在法国的德国占领区工作，后来为美国情报部门提供共产主义成员的情报，现在在玻利维亚过得很滋润。里昂军事法庭两次缺席审判他，将他判处死刑。在拉巴斯，他化名克劳斯·奥尔特曼，经营一家木材加工厂，还和鲁德尔勾结在一起做毒品和军火买卖。1964年玻利维亚军政府掌权后，在美国中央情报局和德国情报部门的庇护下，这个前盖世太保帮助玻利维亚政府培训审讯人员，教他们刑讯逼供的方法。

天真的杰拉尔被玻利维亚方案迷住了，他想象自己斜戴格子帽，陪着亲爱的医生穿越丛林，与巴比见面的情景，他对巴比的经历十分钦佩。门格勒根本不想听这些，一想到要坐奥地利人的小车，他就怕得要死。接近花甲之年，还要换一个国家，这已经是第几次了，这种方案免谈。他不认识巴比，不过可以肯定的是，他不可能像控制斯塔莫一家那样控制巴比。在塞拉内格拉，他控制土地、工人和牲畜。他不想冒险，另外鲁德尔也不够朋友，让他很失望。他逃到巴西以后，鲁德尔从来没有来巴西探望过他，最近一次生日，鲁德尔连句祝福的话都没有，除了通过在巴拉圭代理小推车挣到的丰厚代理费，他对门格勒家族毫无兴趣。“自弃者，人弃之。”鲁德尔这句该死的座右铭，至少在这一点上，他没有背叛门格勒。穿着高级羊绒外套的鲁德尔和他的玻利维亚方案见鬼去吧！收到门格勒的答复后，巴比大为光火，鲁德尔也愤愤不平。他告诉杰拉尔：“门格勒真是讨人嫌到极点。以后他好自为之吧，我再也不想听到他的名字。”

门格勒不想离开，也不想独自生活。要想买下心仪的房子——一栋建在植被茂盛的山坡上的宏伟建筑，斯塔莫夫妇需要门格勒，需要他卖掉属于他的那部分塞拉内格拉农场。新别墅位于凯埃拉斯附近，距离圣保罗只有30多公里，占地面积8000多平方米，有四间卧室。

门格勒必须下定决心跟他们走，斯塔莫一家也要下决心带着他过。1969年年初，他们一起搬家了。

61

这次没有办法建瞭望台，只好用围墙代替。乔迁新居后，门格勒立刻启动了安防工程。他先插上一圈小木桩，木桩之间用绳索连接。再挖一些深洞，洞里插上两米高的柱子。土很硬，门格勒用十字镐和木工钻挖得很辛苦。格扎在一旁冷眼看他钻了几个星期的洞，累得腰酸背痛，却不得不推倒重来，因为斜坡上钉的柱子是歪的。这一次，他拿着曲尺仔细测量，还往洞里填石子、水泥、水和泥土来固定柱子，再把支撑用的横梁钉牢，最后安装垂直的围栏板。这些永不腐烂的木板还要上三遍清漆和白漆。在坚固的栅栏后面，他还种下一排矮树和柠檬树。

一闲下来，他就会感到水土不服，难以适应新环境。

他不得不舍弃几条狗，这个地方的人口密度远高于农村地区的塞拉内格拉，只能在黎明和傍晚出去散步。他在家做手工打发时间，翻修门和楼板，自己做书架放他的那些书，尽量躲开斯塔莫一家。格扎每个星期只有两三天不在家，门格勒主动靠近姬塔，不过姬塔对他已经失去了兴趣，她受够了他的坏脾气。门格勒经常一个人在厨房或者电视机前进餐，常写日记，还写了一些催泪的诗歌，继续探寻植物界和动物界的奥秘，观察香蕉树上的蜘蛛和金龟子，对蜚蠊目产生了浓厚兴趣，而在斯塔莫一家乃至所有人眼里，蜚蠊目不过就是蟑螂。人很难徒手抓到蟑螂，他从书里读到，“这种小虫子每秒钟可以变换25次方向”，所以他在浴室的地板上放一块糖或一块肉吸引蟑螂，他会去观察受伤的蟑螂胸部流出的白色黏液，还在学生作业本上画蟑螂的大复眼和颜色鲜艳、图案迷幻的外壳。蟑螂的腿被拔掉后会立刻长出来，它总共有6条腿，18个关节。长丝状触角和两侧的绒毛使它们可以接收到天敌在空气中的细微动作。门格勒十分羡慕这些无忧无虑的虫子，它们既不知道摩西十诫，也不懂刑法，据说还能挺得过原子弹爆炸时的核辐射。他还欣喜地发现德国蟑螂是蟑螂中危害最大的一类，它携带细菌，人类对它过敏。把蟑螂捣碎涂在伤口处可以止疼，下次姬塔准备色拉时要是切到手指，他可以给她涂这种药膏，或者涂在罗伯特的脚腕儿上，这个倔强的孩子踢足球时经常受伤。这个想法把他逗乐了，虽然生活还是一团糟。

该死的生活一天天过去，毫无起色。和格扎、姬塔有吵不完的架，门厅的墙纸用什么颜色、菜单、电费单、即将高中毕业的孩子们的出路……什么都可以拿来吵。再就是担忧和失眠。以色列人在干什么？维森塔尔又在策划什么阴谋？他到处跟人说，门格勒藏在巴拉圭。这些消息，门格勒在报纸上都看到了。这不会是为了让他放松警惕施的障眼法吧？当年摩萨德在阿根廷准备绑架艾希曼的时候，媒体就说他在科威特。那天在森林里碰到的两个大块头是什么人？鲁德尔和巴比会出卖他吗？门格勒给金茨堡的家人写了很多思维混乱的信，催促弟弟阿洛伊斯给斯塔莫一家多寄点钱。门格勒算过，旧房子他的份额可以折抵5万马克，比他在新房所占的份额折成的钱要多。如果格扎出卖他，他就能独吞这部分差价。门格勒向姬塔抱怨他们一家对他不够慷慨。1969年，救火员泽德尔迈尔不得不到访凯埃拉斯，用钱收买斯塔莫一家并安抚门格勒。

62

现在，门格勒住的地方离圣保罗近了不少，杰拉尔更加频繁地去探望他。一天下午，他带来了一个50多岁、身材瘦削的男人，这个人的奥地利口音很重，叫沃尔夫拉姆·波塞特，留着短发，两鬓的头发铲得很短，干净笔挺的短袖衬衫配深色领带，皮鞋是黑色的。他给斯塔莫家带了些甜点作为见面礼。至于杰拉尔向他介绍的霍希比席勒，他伸出了友善的手，露出了善意的笑。他很荣幸结识这位瑞士务农人，杰拉尔跟他讲过很多这个人的丰功伟绩。

这两个奥地利人几年前相识于圣保罗的一个德国人俱乐部。波塞特以前是国防军下士，第三帝国战败后，他跑到巴西来寻找“黄金国”，现在是一家造纸厂的设备维护主管，算不上特别成功，不过和杰拉尔相比，算混得相当不错。他是古典音乐的忠实粉丝，人们戏谑地叫他“音乐家”，他很喜欢和周围的人分享他的文艺见解，应该可以陪门格勒消磨时间。

杰拉尔一再坚持，门格勒才同意见波塞特，而且还有个条件，那就是杰拉尔不能告诉波塞特他的真实身份。喝茶的时候，门格勒一直在观察测试这个新人，其出身和服役纪录都很平庸，文化修养是他的“加分项”，门格勒觉得他在信仰方面无可挑剔——种族主义者、反犹主义者和反动分子。波塞特可以把宣扬仇恨的纳粹经典讲得头头是道，这是一个狂热的纳粹分子、错过了希特勒时代的士兵，认为希特勒是“历史长河中最杰出最优秀的德国人”。之后的几个星期，他和杰拉尔又来访过几次，他被这个沉默寡言、戴着草帽的瑞士人迷住了。霍希比席勒的语言表达，欲盖弥彰的巴伐利亚口音，对历史和生物的独到见解，都让波塞特感到这不是个一般人。

“音乐家”是个不错的聊天对象，然而门格勒没有放松警惕，这个人可能是潜伏的以色列特工，抑或是极其擅长伪装的演员，一个可疑的线人。杰拉尔不信这些，他见过波塞特“美丽动人”的妻子莉泽洛特，他对门格勒说：“她的屁股很翘，医生，这话你可不要说出去。”他还见过波塞特的孩子——萨宾娜和安德烈亚斯，并告诉门格勒完全不用担心，甚至应该告诉波塞特自己的真实身份。泽德尔迈尔上次来巴西的时候，杰拉尔就把引荐波塞特的想法告诉了他。在和波塞特短暂见面后，泽德尔迈尔同意了这个想法。

门格勒很不情愿地摘下“面具”，他要波塞特当着杰拉尔的面，用亲生骨肉的性命发誓绝不向任何人泄露他的真实身份。

63

来到巴西以后，门格勒第一次鼓起勇气外出。那是一个周三的晚上，略显焦躁的他把头发往后梳妥，精心穿好衣服，把枪藏在风衣口袋里，然后出门，去波塞特家共进晚餐。前几次赴宴，杰拉尔不得不陪他一起去，因为他怕有埋伏。后来就改成“音乐家”去凯埃拉斯接他，19点整，“音乐家”会准时出现在他家门口。交通顺畅的话，20分钟后他们就会开到圣保罗郊区一栋毫无特色的小屋前，那里是波塞特家的德式家园——家人正襟危坐的合影、阿尔卑斯山区的特色摆件、格蒙登的珐琅彩瓶、贤惠的妻子和有教养的孩子，他们热情地跟彼得伯伯打招呼。在那里，门格勒备受关怀，仿佛找到了一片绿洲，那几个小时，他暂时忘记了悲惨人生、斯塔莫一家和内心的恐惧。他教萨宾娜和安德烈亚斯玩大富翁游戏，欣然喝下几碗猪肝丸子汤，吃掉“音乐家”小心翼翼为他切的烤猪肉。对于波塞特夫妇来说，接待这个搜集蓝眼睛的人，给世界上健在的最著名的纳粹分子奉汤夹菜是一种荣耀。晚餐后，莉泽洛特去厨房洗碗。两个男人坐在客厅，关起门来享受古典音乐。

他们谈兴甚浓，或者说波塞特喝着德国烧酒、用瓷烟斗抽着烟听他的客人哀叹命运，表达不满。什么北欧人种、卑躬屈膝的犹太人、卓越的生物学、骄傲英勇的德国人……门格勒无休止地倾吐那些陈芝麻烂谷子、捕食者理念还有他对世界前景的担忧，特别是“叛徒勃兰特和犹太人克赖斯基”领导下日渐堕落的德国和奥地利。“经历了数千年犹太基督教的奴役，为了减少低劣人口，为了维持纯粹纯洁的自然运动，必须强制绝育并清除那些没有劳动能力的人。”奥地利下士对此完全赞同，他对人类种族工程师佩服得五体投地，甚至犹豫要不要用笔把他的话记录下来，因为他从没见过这么有学问的人。门格勒终于找到哈泽的继任者，十年前，哈泽在布宜诺斯艾利斯离开人世后，他一直找不到像样的门徒，克鲁格和杰拉尔只是无足轻重的侍从。“音乐家”谨遵他的建议，熟读默里克、诺瓦利斯、斯宾格勒等人的著作，听他推荐的唱片，开始研究古希腊和植物学，甚至可以容忍门格勒对蟑螂的痴迷。总之，“音乐家”对老纳粹的敬仰近乎盲目。门格勒很享受自己对这个顺从、准时的男人的影响力，此人和斯塔莫一家不一样，他们只会嘲笑他的奇思妙想，榨取他的钱财。每周三晚上，他都要痛骂这家匈牙利人，把他们贬为野蛮人。这种时候，打断他或者反驳他都是徒劳的，波塞特不幸体验过一次，他小心翼翼地建议门格勒为了自己的利益，考虑他们的想法，门格勒一脸狐疑地看着他，然后提前结束了这次畅谈。

“音乐家”通常在午夜12点前送客人回去。门格勒离开时的巨大变化让他十分惊讶。高谈阔论的客人变得沉默寡言，宽边帽子压得很低，他颤抖着把大衣领子竖起来，面部的线条也扭曲了。要是看到警察，他会浑身出汗；在车里，他总是用手挡着脸；等红灯的时候，倘若有辆车停在他们旁边，他就低头系鞋带。一离开波塞特家，门格勒就变回了被围捕的猎物。

不过，他还是接受了“音乐家”的邀请，去丛林地区过了一次周末，还让他拍了照。门格勒上一次拍照还是50年代末。波塞特告诉他，别人根本认不出他，还鼓励他离开自我封闭的区域，否则他会郁郁而终。一天夜里，把门格勒送回巢穴之后，波塞特对妻子说：“他这样等于是自杀。”可是怎么掩饰他的大脑门和门牙缝？波塞特坚定地告诉他，只要他不主动招惹别人的注意就不会有危险。他们开始缓慢地引导他回归社会，在杰拉尔和“音乐家”的陪伴下，门格勒短暂地外出过，远离斯塔莫一家，甚至在天气热的时候脱掉风衣，摘掉帽子。这个被放逐的人悄无声息地潜入大城市，波塞特的两个孩子陪他坐公交车、逛超市、看电影。当然，他也会因为害怕被奥斯威辛集中营的幸存者或者善于记人像的人认出来而浑身颤抖、直冒冷汗。不过他咬紧牙关，恢复了一点点自信，有时甚至会想象在人生的最后这段日子，过上一种不太残缺的生活。他的家族再次满足了他的任性要求——为他在圣保罗买了一间小公寓，每月的租金归他。不过在合同上，公寓的主人是米克洛斯·斯塔莫。

64

60岁生日聚会的第二天，他的肚子痛得厉害，非常剧烈的绞痛，可能是莉泽洛特做的奶酪蛋挞因为天气热变质了，或者是因为杰拉尔的离去带来的焦虑。在聚会上，杰拉尔用颤抖的声音告诉他，自己要彻底离开巴西，因为经济状况不佳，老婆孩子都有严重的健康问题，必须接受一系列检查，抽血、照X光、组织切片……为了让他们得到更好的救治，最好去奥地利做检查。“那我呢？我怎么办？”门格勒追问道。波塞特将是他的下一个保姆，负责门格勒家族和斯塔莫一家的联络，给他传递信件，帮他采买各种东西。杰拉尔把自己的身份证作为告别的礼物，送给了门格勒。他只要换上自己的照片就行，简单得不能再简单，“音乐家”会帮他把假证件熨妥帖。对于那些要办的行政手续，这张身份证是个无价之宝，因为用霍希比席勒的名字办的证件是假的，而且假得很明显，迟早会给他招来麻烦。

几个月后，腹痛再次发作，这一次更加剧烈和凶险。门格勒用了很多方法都没能止住腹痛，冰袋冷敷、绿黏土热敷、全天禁食，山楂花茶、波塞特给他买的抗菌素还有其他药物都没有效果。病情不断恶化，腹泻之后又出现了腹胀、呕吐、便秘，肠道出现了堵塞，身体机能下降，颈部淋巴结肿大，开始出现高热症状。某天早上醒来，门格勒给自己做了一次触诊，他发现胃部有一个肿块，他立刻想到了肿瘤，或者是斯塔莫一家给他下了毒，他们想独吞房子、圣保罗的公寓还有那些可以高价卖给出版商的日记。他疼得直不起腰来，但他还是拒绝医生到家里来出诊，低声对赶来探望的波塞特说：“这太冒险了。”格扎也反对，他担心医生上门后生出一堆事儿来，而且觉得他的房客不是真病，这个神经兮兮的老狐狸每次都会自行康复。然而这一次，门格勒确实病得很重。接下来的几天，他根本无法进食，连水都喝不下去，口气难闻得要命。清醒的时候，他推测自己将会出现粪便性呕吐，自己得的是腹膜炎，这样下去，必死无疑。他必须尽快去看专科医生。波塞特开车把他送到圣保罗的一家医院。

医生给痛苦呻吟的垂死之人做了腹部触诊，看了看病人煞白的脸庞、花白的胡子还有额头的沟沟壑壑，又看了看病历，病历是按照波塞特提供给住院部的身份资料填写的。等X光检测结果的时候，医生显得很困惑。他告诉病人和陪护者，从医二十年，他从来没有见过四十六七岁的白人病号身体衰老得这么厉害，他推测杰拉尔先生一定生活很苦。“音乐家”这才想起在这张真假难辨的身份证上，门格勒的出生年份是1925年，不是实际的1911年。他赶紧想了个借口，说医院行政部门出了个小差错，他会让他们改正过来的。医生是对的，病人的确比病历上的年纪大10岁。这医生真厉害。此时，护士正好拿着腹部X光片进来，波塞特赶紧安慰面无血色的导师，“没事的，沃尔夫冈，肯定没事的。”

一个台球大小的不明物体阻塞了他的肠道。是癌症吗？不是，更像是肠梗阻。他有没有吞下什么奇怪的东西？没有，他好几天没吃东西了，而且他从去年就开始腹痛。如果是这样的话，这团东西是什么呢？要解开这个谜团，必须尽快手术。

医生从门格勒的肚子里取出一大团毛球。由于他长期咬胡子，胡子和其他东西缠在一起，形成了一个球状物，堵塞了肠道。门格勒真是大难不死，在各个方面，他都很走运。“沃尔夫冈·杰拉尔”用现金结清了住院费，然后消失得无影无踪。

65

出院后，门格勒变得很脆弱。伤口愈合了，人还是蔫蔫的，老化的身体发出了警报。搬一块普通的木头害他闪了次腰，头痛发作的时候，他不得不在床上昏天黑地地躺几天。困扰他的还有前列腺增生、视力下降和牙痛。1972年年末，他用细绳和刀拔掉了一颗龋齿，这枚臼齿蛀蚀得很严重，差点要引发牙龈炎。牙痛起来简直要命，就像铁匠不停地锤打牙髓和牙釉质，痛得他神经崩溃。门格勒一直回避医生，上次医院里的医生对他出生日期的质疑让他惴惴不安。杰拉尔的身份证是个带毒的礼物，他知道他要忍受焦虑、孤独、十年来无数个失眠的夜、大太阳底下的体力劳动、羞辱和争吵、分离、高温天气、思乡之情、潮湿的天气，他的心已经干涸萎缩。病态的想法、生存的焦虑还有死亡的阴影重新萦绕着他。斯塔莫一家对他的苦痛无动于衷，这让他愈发绝望。

他只能指望最后的同盟——“音乐家”。然而波塞特不是杰拉尔，不像他的同胞那样忠诚和狂热，不会因为小毛小病就开着大众汽车来看他。虽然他佩服逃犯坚韧不拔的精神，不过他与之保持距离，也不愿意为门格勒牺牲自己的事业和家庭。门格勒爱操纵别人，而且极端自私。他对厄运连连的杰拉尔的冷漠态度让波塞特深感震惊。在奥地利检查后，杰拉尔的妻子被确诊患了胃癌，儿子阿道夫得了骨癌，两人需要一大笔治疗费，于是杰拉尔向以前被他保护过的门格勒求助，他为门格勒忠心耿耿地工作了十年，从未索取过一分一厘，可是门格勒不愿帮他，觉得杰拉尔在敲诈他，故意把医疗费说得很夸张。门格勒觉得他应该认命，接受妻子时日无多的现实，而不是挥霍别人的钱财！要不是波塞特坚持，门格勒不会要求他的弟弟帮助杰拉尔。波塞特觉得，要是门格勒忌惮绝望的老管家把他的秘密卖给记者或者警察，他就不会这么做。只顾自己的门格勒后来写信给杰拉尔，说自己家人的吝啬也让他很震惊。

老纳粹越来越招亲友烦。70年代初，最后一群忠实伙伴也快受不了他了，因为他总是哀叹命运，干涉亲友的隐私，给他们乱提建议，像个孩子似的索要关心（还有钱和家书）。玛莎很少给他写信。弟弟阿洛伊斯无法忍受他对公司运营和对自己的儿子迪特尔的教育指手画脚，其实他从来没见过这个侄子，但他甚至给迪特尔列了一份黑名单，如果他将来娶妻，一定要避免名单上的这几家人。阿洛伊斯还请他不要再给他们的侄子卡尔–海茵茨写那些又臭又长的信，喋喋不休地诉苦，给元首歌功颂德，吹嘘优生理论，诋毁对他们一家宽宏大量的联邦德国政府。1974年，阿洛伊斯死后，世道变了，迪特尔拒绝满足南美洲伯伯的种种要求。忠诚的泽德尔迈尔也厌倦了这一切：在巴西和德国之间的舟车劳顿，门格勒的抱怨和固执，他和斯塔莫一家没完没了的吵架，还有他一直缺乏的感恩之心。没有一个逃亡的纳粹分子得到过这样的帮助！在金茨堡的亲友眼中，门格勒就是一个包袱，但又无法抛弃，因为如果他被逮捕，家族和这个魔鬼天使长期的联系就会被曝光，家族企业将遭受重创，此时这家跨国企业的年销售额高达数百万马克，雇用了2000名员工。1971年，泽德尔迈尔再次向初审法官作伪证，在宣誓过的证词中说：门格勒和他的家族没有任何关系，他从来没有为他们家的企业工作过；和所有人一样，自己也是通过报纸得知门格勒住在巴拉圭，而他本人只在十多年前和门格勒在布宜诺斯艾利斯机场见过一面。

66

罗尔夫·门格勒是一个内心饱受折磨的年轻人。每次自我介绍，他总会等来一阵局促的沉默和一些尴尬的眼神。门格勒，哪个门格勒？是的，就是“撒旦之子”门格勒。这个该死的姓氏成了他终生背负的污点。他永远不会忘记在艾希曼被绑架后的某一天读报的发现和错愕悲痛之感，他在报纸上看到在恩格尔酒店给他讲高乔人和印第安人故事的叔叔，这个叔叔其实就是他的父亲，在奥斯威辛集中营折磨犯人的魔鬼医生。出身如此不幸的家庭，罗尔夫一直远离金茨堡的族人，他由母亲独自抚养长大，现在在弗莱堡当律师。门格勒家族对父亲的罪行保持沉默、对受害者的轻蔑态度令他不齿。这个家族的团结、贪婪和怯懦让他恶心。罗尔夫自称左派，反对资本主义和法西斯主义，反对梅赛德斯轿车，反对联邦德国上流社会的虚伪和心安理得。他是战后的反叛少年，堂兄弟迪特尔和卡尔-海茵茨给他取了个绰号——“共产主义者”。其实逆子也是脆弱的，内心充满纠结和矛盾，还要背负十恶不赦的父亲。在慕尼黑美术馆，罗尔夫呆站在鲁本斯的《下地狱的人》前，盯着画中混乱交错的赤裸身躯，不禁想到站在斜坡上挑选犯人的那位，死亡芭蕾舞的总指挥，穿着带编号的军装把别人推向无底深渊的魔鬼。要是父亲死在苏联前线，就像家人长期以来对他说的谎话那样；要是他自己有勇气把父亲扫地出门，告诉父亲自己和犹太裔波兰人或者扎伊尔人结婚，而不是和正统家庭的德国女孩结婚，说自己和好友一样在基布兹[1]生活；要是他有勇气把父亲供出来，交给法律来裁决，那该多好！然而罗尔夫做不到，这是在谋杀生父，只会徒增烦恼无数，新添悲剧一桩。他的父亲是约瑟夫·门格勒，他是约瑟夫·门格勒的儿子。罗尔夫一定要弄明白父亲为什么要在奥斯威辛集中营挑选犯人，为什么要进行试验？怎样挑选，怎样试验？老头子难道一点也不后悔，一点也不自责吗？父亲真的像报纸上描述的那样，是个残酷无情的禽兽吗？已经恶毒败坏到了这种地步吗？他能帮父亲拯救自己的灵魂吗？他，罗尔夫，会不会因为父亲的过错也成了坏人？

---

① 基布兹，以色列的一种集体社区，过去主要从事农业生产，现在不仅发展农业畜牧业，也发展工业、服务业和高科技产业。

70年代初，父子俩频繁地书信联系。门格勒长期忽视了罗尔夫，因为他一直躲在母亲依琳身后。门格勒更喜欢卡尔-海茵茨，这个在阿根廷共同生活期间被塑造得和他思想一致的儿子。和死神擦肩而过之后，门格勒决定和亲生儿子重新建立联系，十五年前他只和这个孩子在瑞士共处了十来天。他希望从儿子身上得到那份别人拒绝给予的同情，事无巨细地向他倾诉日常生活，各种身体疾病，鼻窦炎，腰椎间盘劳损，“脊椎出现了关节炎早期症状”，希望以此让罗尔夫产生怜悯之心。他知道这个孩子比门格勒家族的其他成员更脆弱、更敏感。先让他产生负罪感，然后激起他的自尊心，再进一步谋划。门格勒故意向他吹嘘卡尔-海茵茨的优点，这个“优秀的德国人”勤劳、谦虚、有爱心，经常背着阿洛伊斯和迪特尔给他寄钱。这样一来，罗尔夫就会模仿这个堂兄。他想驯服这个毛头小子，“被屈从金钱和犹太人影响的媒体洗了脑”、被依琳和弗莱堡鞋商的宽松教育祸害了的傻孩子。门格勒在书信中告诫儿子，“没有威权，世界就会陷入不平衡，生活也会失去意义”。他还在信中批评儿子的生活方式、儿媳的外表。罗尔夫结婚一年就离婚了，对于这段感情波折，他并不惊讶，也懒得假装惊讶。当罗尔夫决定放弃博士论文时，他毫不掩饰对胸无大志者的蔑视，“这个时代，所有人都能当律师，你要是想让我为你自豪，就完成你的法学博士学位”。然后，他又放软口气，请求儿子对自己好一些，给他寄些照片还有黑森林、慕尼黑的明信片，因为他是如此不幸，孤独地生活“在丛林里，被放逐到世界尽头”。

对这个父亲，罗尔夫挣扎过，放弃过，回避过，质问过。爸爸，奥斯威辛的事儿就这么算了？对于人们指控他的罪行，门格勒坚称自己是无辜的。他是为了捍卫“毋庸置疑的传统价值”，没有杀害任何人。不仅如此，他还救了很多人，因为他可以决定哪些人适合留下来工作。他没有任何负罪感。罗尔夫接受了错误的信息，应该学会告别那些沉痛的事件，因为不停地翻历史旧账是一种病。德国当时处在危难之际。而且，无论什么样的境遇，父子都应该相亲相爱。他请求儿子“敞开心扉，不带任何偏见”，来巴西看望他。

罗尔夫不停自问。在内心深处，他很清楚和生父对质，直面这个站在斜坡上哼着歌剧片段、面带微笑挑选犯人的奥斯威辛集中营医生不会使他的内心获得平静。不过他还是期待和他面对面，男人对男人，门格勒对门格勒。他们开始筹划这次旅行，这时，和斯塔莫一家的新危机爆发了。

67

一次无聊的吵架升级了，门格勒动手打了姬塔。不知两人为了什么争吵，最后一小块巧克力？一瓶打碎了的果酱？门格勒偷摸了姬塔的屁股？反正姬塔冲门格勒大吼，门格勒就给了她一耳光。格扎一把揪住垂垂老矣的纳粹分子，立刻拨通了波塞特的电话。在泽德尔迈尔抵达大西洋彼岸前，门格勒不得不去朋友家暂住几天。这一次，斯塔莫一家毫不退让，就算眼前晃着5000美元的钞票，他们也不为所动。共同生活了13年，分道扬镳是板上钉钉的事儿，永别了彼得，永别了霍希比席勒，大解脱。门格勒怎么办？“音乐家”没有杰拉尔的联系方式，鲁德尔也不在了。唯一的备选方案也变卦了，一个亲戚先是答应收留门格勒，后来又退缩了，因为他晚上没办法合眼睡觉，觉得“音乐家”告诉他这个方案后，一些神秘的陌生人就开始跟踪自己。

波塞特的妻子莉泽洛特很介意门格勒趁她转身之际盯着自己的大腿和屁股看，波塞特答应妻子绝不让这个人来搅和他们的生活。时间紧迫，斯塔莫一家已经卖掉了凯埃拉斯的房子，搬进圣保罗的一栋上千平方米的豪宅。门格勒和他的狗“吉卜赛”必须在两个月内搬走，否则，到1975年1月底，他们只能露宿街头。60多岁的老头别无他法，只能独自生活。离开布宜诺斯艾利斯后，他终于要面对独居这个想都不愿想的方案。得知门格勒和姬塔的奸情后，格扎决定狠狠地报复门格勒，给他准备了最后的羞辱——把圣保罗郊区埃尔多拉多[1]的小破房子租给门格勒，买这栋房子的钱其实是门格勒的卖房款，不过他料定门格勒不敢告到法庭上去。

崩溃。波塞特把他送到新家时，他感到一阵眩晕，就像一瓶被人扔到寄存柜台的酒。波塞特冲他尴尬地笑了笑，什么话也没说就走了。门在身后合上，“吉卜赛”发出尖叫，门格勒陷入伤感，走路都摇摇晃晃的。这个牢笼像酒窖一样，十分潮湿，他感觉自己被扔到无底深渊。直觉告诉他，下一站不是坟墓就是监狱。这地方居然还叫“乐土”！阿尔瓦伦加街的这栋房子简直是阴森恐怖，灰绿的墙，逼仄的浴室，墙皮斑驳，做饭得用丁烷，屋顶还在漏水。乐土！为出身名门的优生学家准备的最后一站就在这么嘈杂混居的小岛上，这里的巴西人随时都能把他生吞活剥。

头几个月，他本想把房子装修一下，增加一些安保设施，然而寂寞吞噬了他的精力。为浴室贴瓷砖，改建厨

① 埃尔多拉多是Eldorado的音译，这个单词的本意是“乐土”“黄金国”。

房，都没有完工。他宁愿全身赤裸躺在水泥地上，手边放把枪，盯着吊扇的扇叶看上几个钟头，也不愿把窗户的围栏装完。小时候，他就养成了早起的习惯，现在居然愿意窝在床上，喉咙干得发紧还能重新入睡。他对“吉卜赛”说，“早起有什么用？还有多少打击等着我？”他付出的努力随时会像中了魔法一样消失不见。他在屋顶安装了滤水装置，水还是有股铁腥味儿。开窗通风换气也是白费力气，屋里的霉味始终散不掉，到处乱爬的蟑螂也没了吸引力。日落时分，他陷入伤感，依琳、玛莎都不在身边，没人能给他一丝安慰。他甚至怀念斯塔莫一家，这家人现在只在结账时出现。你好，这栋房子的租金减掉公寓出租收回的租金，谢谢，再见。

格扎收钱的时候，姬塔也不下车，而是坐在车里等。只有波塞特能给他带来一丝宽慰。每周三晚上，他来一起吃晚饭，听巴赫的唱片还有门格勒的那些老生常谈——德国、希特勒、家庭、健康。他有高血压、风湿病和失眠的毛病，不敢做前列腺手术，背也痛得厉害，腰椎间盘劳损已经严重到走路都不方便的地步。“罗尔夫太懦弱，泽德尔迈尔自私，鲁德尔是个重利的叛徒，迪特尔和他爸阿洛伊斯那狗东西一样，都是婊子养的”，因为迪特尔给他寄的钱不够多，好在卡尔-海茵茨还给他寄点生活费，就这样到月底的时候，他还是会手头紧张，买录音机都反复考虑了几次。每周，这个金茨堡巨婴都要跟“音乐家”吐槽，倾诉他的新烦恼——上天安排他住进不良街区，“黑鬼、黑白混血、小混混和瘾君子聚集的贫民窟”，“垃圾堆得到处都是，耗子满地跑”；“一天晚上，一群无赖按我家的门铃，搞得我再也睡不着”；“真是噩梦一样的地方”，混乱的交通，停电，噼里啪啦的噪音，肮脏的环境，破破烂烂的居民楼，恶劣的治安，有妓院，周末街头的醉鬼，球赛和马库巴教①仪式散场后六神无主的一张张面孔……“这是怎样的失势？我不敢相信自己跌得这么惨。”

对于周围的邻居来说，门格勒是个名叫佩德罗的古怪小老头。自从一对夫妇在地铁里认出他——其实他只是看到一个男人盯着他看的同时和旁边的女人低声说话，他就再也没有离开过这个街区。门格勒活在妄想症中，他的大脑门和牙缝让他抓狂。每次牵着狗、低着头冒险去食品店买东西的时候，他都害怕得浑身发抖，生怕被人认出来，被痛骂羞辱，被逮捕和殴打。他每天买报纸，报纸还在报道他，人们没有忘记他，这些报道让他深感震惊，缓不过神来。有的报道把他吹嘘成无所不能的人，是生活在巴拉圭丛林地区的佩德罗·胡安·卡瓦列罗②；有的报道说他在秘鲁过着富人的生活；该死的维森塔尔告诉记者差点在西班牙抓住他；有的报道说抓到他可以获得数千美

① 马库巴教是巴西的一种通灵教。

② 佩德罗·胡安·卡瓦列罗（1786—1821），巴拉圭独立运动领袖。

元的赏金；还有好莱坞正在拍摄的电影《马拉松人》，劳伦斯·奥利弗在其中饰演一位白衣天使、前纳粹牙医，门格勒在报道中读到，这个人物的灵感来源就是“凶残的门格勒医生，仍在潜逃的奥斯威辛集中营的魔鬼天使”。此时，他不过是一具行尸走肉的躯体，连爱过他的女人的容貌都想不起来，整天蜷在家里，连猫叫都能吓他一跳。他只能在角落里苟延残喘，虽然他想对全世界大喊，自己现在疾病缠身，孤苦伶仃，像丧家犬一样住在巴西贫民窟。人们都躲着他，连住在附近的园艺工，16岁的小路易斯都避着他。以前他俩一起照料花草，聚在家后面的街心公园的吊瓜树下，吃冰淇淋，谈论植物。佩德罗觉得路易斯喜欢和自己相处，于是向他敞开大门，给他准备了糖果和巧克力，教他欣赏古典音乐，甚至为了讨他欢心，买了电视机。

然而当糟老头一个人跳起华尔兹，小男孩感到害怕了，老头提议他留宿，这样他俩可以看电视剧，然后第二天在院子里搭个小房间。

路易斯再也没有回来过。

68

1975年秋，波塞特提醒泽德尔迈尔，巴西要更换身份证样式。门格勒不能自己去行政部门办这个手续，必须让杰拉尔回圣保罗一趟，只有他才能领到符合新规定的身份证。泽德尔迈尔必须说服杰拉尔，帮他的老朋友最后一个忙。这个任务可不简单，因为杰拉尔对门格勒家族怀恨在心，因为门格勒家族不愿支付他妻儿的医疗费，也不愿资助他在奥地利开摄影器材店。杰拉尔请求他们给他3万马克，经过艰苦的谈判，他只拿到了1000马克。在讨价还价的这段时间，他的妻子去世了，年轻的阿道夫仍然病着。

杰拉尔需要钱，还需要尊重。泽德尔迈尔明白用钱收买他是不够的，于是开着梅赛德斯汽车把他带到莱茵河畔布劳瑙，在最好的餐厅共进午餐。这里是一切的起源，希特勒出生于此——萨尔茨堡郊区的一栋房子里。两人用完丰盛的午餐，抽完几支雪茄，在当地参观了一番。狂热的纳粹崇拜者流下了激动的眼泪，泽德尔迈尔趁机向他说出自己的计划——为了纪念元首，他必须马上回巴西，更换身份证，救助党卫军上尉门格勒。

1976年年初，杰拉尔抵达圣保罗。

更换证件不过是履行手续，在证件上做手脚，把它变得和真的一样也是走走程序。然而两人的长相愈发不相像了，因为最近门格勒脸上生出了太多的皱纹。杰拉尔看着面色苍白、胡子拉碴的门格勒，心里很难受，帮他把客厅重新粉刷了一遍，在卧室墙上挂了一个装饰用的野猪头。然而杰拉尔的儿子还在生病，需要他赶回欧洲照料。他请求波塞特多花些时间陪伴他们的朋友，或者介绍一家人给门格勒，让他们过来陪他打发时间。“音乐家”想到了纺织工程师、德国裔阿根廷人埃内斯托·格拉韦。他先咨询了杰拉尔的意见。“是个好人，应该能行”，两个同谋决定不向他透露佩德罗·杰拉尔的真实身份，只说他曾在苏联战线担任军医，是杰拉尔的远亲，名叫沃尔夫冈。杰拉尔回国前，把格拉韦引荐给了老朋友，还悄悄完成了泽德尔迈尔交给他的最后一项任务，波塞特也知道这个任务——在恩布市，他母亲的墓地旁边为一位病重的伯伯买块墓地。此后，杰拉尔再也没见过门格勒，1978年，53岁的他倒在了自己的车前。

69

1976年5月16日是个周日，门格勒去格拉韦家做客，第一次品尝阿根廷烤肉。之前，都是埃内斯托和儿子诺尔贝托带着饼干和做好的炖菜登门探望门格勒。波塞特提醒过他们，佩德罗伯伯胃口不好，也不会做饭。虽然格拉韦家的院子里有凉棚，门格勒还是觉得闷，喘不上气来。上咖啡前，他让诺尔贝托送他回家，他对提前离开表示抱歉，但是头痛得厉害，哦不，他不想在床上躺一躺，缓一缓，他只想尽快回家，“谢谢你，孩子。”到了家门口，他竟然打不开门。奇怪，他完全没有力气转动钥匙，右臂失去了知觉，不听大脑指挥。突然，他感到一阵剧烈的头痛，可能这就是人们说的脑溢血吧！血管突然破裂导致他喊不出声来求救，话都说不利落，视线也变得模糊起来。他跌跌撞撞走到诺尔贝托的车旁边，诺尔贝托被眼前的景象惊呆了——老头儿靠着车门呕吐，下嘴唇朝右边耷拉着。

门格勒入院治疗了两周，开始缓慢地康复。住院期间，波塞特一家和格拉韦一家轮流去医院照顾他。出院后，诺尔贝托搬到他家陪住，因为佩德罗伯伯目前的状态不适合独居，虽然医生说他很幸运，脑溢血没有留下什么后遗症。

南美青年和气力全无的老纳粹住在同一屋檐下，然而两人很快就散了伙。诺尔贝托既没有耐心也没有能力做好护工工作，无法安抚佩德罗焦躁的情绪。老头记不清事的时候，就会进入一种疯狂的状态，扔掉手上的螺丝刀，扔掉颤抖的右手无法长时间举着的书，抱怨意大利面太难吃。一天夜里，老头子做了个噩梦，在梦里用德语狂喊，第二天，诺尔贝托就决定离开他。格拉韦一家都不想再见他了。

“招聘女佣，擅长烹饪，对老人有耐心、有爱心。必须有雇主推荐。非诚勿扰……”波塞特贴出广告后，一位面容瘦削的30多岁的女子前来应聘。1976年年底，艾尔莎·高尔皮安·德·奥利维拉开始为佩德罗先生工作。

70

艾尔莎总是面带微笑，而且非常守时。通风、除尘、清洗，她使这栋糟心的房子彻底变了样。她对他产生了怜悯之心，老人形只影单，嘴里嘟囔个不停，经常紧张兮兮地咬指甲，为了维持记忆力而背诵德国诗歌。“佩德罗先生，您不能放弃自己。”她鼓励他陪自己一起购物和散步。门格勒听从了她的建议，挽着这个精干瘦小的女人去购物和散步。另外，她的厨艺不错。他请她去餐厅吃晚饭、看电影。除了波塞特，门格勒的生命里只剩下这个女人。他的狗“吉卜赛”死的那天，她出于本能和善心，抱着门格勒，玛莎之后，再也没有人给过他拥抱。艾尔莎的陪伴让他安心，让他找回了一丝活力，期待着兑现几年前立下的誓言——让他的儿子来一趟巴西。

面对罗尔夫的推诿和拖延，门格勒给他写了好几封伤感的信，里面混杂着威胁和哀求的字句。他如此孤单，如此缺乏关爱，要是罗尔夫不来，他就自杀。他的身体每况愈下，两次和死神擦肩而过，以色列人还在追杀他。“罗尔夫，我需要你，我们必须尽快见面。”

备受折磨的年轻律师终于下定决心。父亲像指挥关键战役的将军一样，开始替他计划旅行。所有细节都要精心筹划，旅行中，罗尔夫要遵守他定下的所有规矩，制造“烟幕弹”，同时预订几家酒店，学会混入人群，将自己隐藏起来。他写道，“墨镜和帽子必须戴着”，学会发现跟踪人员并且把他们甩掉，“罗尔夫，我希望你是个精力充沛的人，如果不是的话，那就开始锻炼，为这次远行做准备。”如果需要的话，抵达圣保罗的时候，波塞特会给他准备一把手枪。最重要的是使用假护照，小门格勒不能以真名真姓到南美旅行。其实，这些谨慎完全是多此一举，70年代中期，已经没有人认真寻找门格勒的下落。联邦德国的人认为他还在巴拉圭，以色列人没有掌握最新消息，也不再考虑绑架他的计划。六日战争后，联合国安理会的每个国家都很重要，南美国家和其他国家一样都是一票顶一票的成员国，以色列人不会为了一个可能已经死了的纳粹分子去招惹南美各国，更不会为此侵犯这些国家的主权。

泽德尔迈尔必须全程监督准备工作。罗尔夫如果有异议，那只能自认倒霉。门格勒会骂人，会用大量的邮件击垮他。罗尔夫想和好友一起去，可是门格勒不认识这个朋友，所以他必须一个人来，于是罗尔夫在信里抱怨，“爸爸，我的朋友，你一个都不认识”。几十封信跨越大西洋，时间一天天过去，罗尔夫在德国有了新的伴侣，推迟了出发时间。焦虑的门格勒把不满发泄到泽德尔迈尔身上，泽德尔迈尔自己也烦得直挠头。罗尔夫终于订了机票，1977年10月10日将飞往巴西。门格勒坚持要他带“一些精美的礼物”给波塞特一家，他一直认为他和斯塔莫家决裂是因为家人吝啬，他还让罗尔夫给他带电动剃须刀的零配件、施普雷瓦尔德腌黄瓜还有送给艾尔莎的镶边桌布。他对艾尔莎说，他的侄子要来看他。出发前，罗尔夫和卡尔–海茵茨在泽德尔迈尔家的花园见了一面，卡尔–海茵茨把几千美元交到堂弟手中，请他转交给门格勒，他母亲的丈夫，也是他们亲爱的“弗里茨叔叔”。

罗尔夫和同伴顺利抵达里约热内卢。罗尔夫向海关人员出示了他从朋友那儿借来的护照，为了以防万一，他的同伙站在一旁，拿着他的真护照。海关官员面带微笑地对他说："年轻人，欢迎来巴西。"罗尔夫在里约过了一夜，一个人飞去圣保罗。一切按计划进行，他先打一辆出租车到A地，然后再打辆车到B地，然后再打第三辆车到波塞特家。见到波塞特后，两人顾不上寒暄，立刻驱车前往埃尔多拉多。他们的车开到了阿尔瓦伦加街，街上散发着烤焦的肉味，电线杆上缠满了电线，野狗在垃圾堆里翻找食物。罗尔夫打量着街边破旧的房屋、衣冠不整的男人，还有穿着吊带的黑胖女人。他的心跳如此剧烈，好像心脏随时都会停止跳动。车颠了几下，在5555号门前停下。一个穿着短袖衬衣、胡子拉碴的老头双手叉腰站在门口。

那就是他的父亲，约瑟夫·门格勒。

71

让他震惊的第一个细节，是房子里散发的杂物间味儿和父亲颤抖的声音。童年时代，和他一起在山区度假时，他的声音充满了阳刚之气，甚至有点专横，给罗尔夫留下了深刻印象。不过罗尔夫没有被情绪牵着走，他既没有为老人迎接他流下的眼泪动容，也没有被老人变形的右手和困兽般的眼神打动。泽德尔迈尔提醒过他："约瑟夫是一个可怕的演员。”罗尔夫让他坐下，然后进入正题。等了这么多年，写了这么多信，度过了这么多不眠之夜，父亲终于可以还他一个真相：他为什么要去奥斯威辛集中营？他在那儿做了什么？人们控诉他的那些罪名成立吗？

门格勒第一次要正视那些令人发指的罪行。他咳了几声，但是目光一直没有从儿子身上移开。儿子长得和他妈妈一模一样。要不是他留着美国演员式的长发——也许在巴西的这段时间应该剪一剪，要不是他穿着那种可怕的阔腿裤，门格勒会觉得他比照片上还英俊。他只喝水吗？门格勒给他准备了啤酒和葡萄酒。要不要吃点什么？“说吧，爸爸，说完了，我们再干别的。”门格勒一声叹息，还要说那些陈年往事？

对，那些陈年往事。

从形态学看，人类并不比兰花或者蝴蝶更有目标性和计划性。人类的种群和语言，有的增长，有的衰退，这和橡树、松树还有花是一样的，有的生机勃勃，有的垂垂老矣。父亲说，所有的文明都会经历发芽、成熟、凋谢和消亡，也都有重获新生的机会。他在等着儿子反驳。第一次世界大战后，整个西方处于临界状态，德国文明危在旦夕，被先进技术和资本、民众、个人主义和世界主义侵蚀。只有两种选择，死亡或者反击。门格勒说：“我们德国人是优等民族，当然要反击。我们需要注入新的活力，保护天然形成的族群，保证北欧人种的永存。”希特勒计划让德国人口达到1亿，然后2.5亿，到2200年达到10亿。“10亿人，罗尔夫！他是我们的恺撒大帝，我们就是他的工程师，我们的职责就是让血统纯洁、成员健康的家庭数量不断增加……”

罗尔夫的手指一直在敲击桌面。他知道斯宾格勒的西方没落论，他来巴西并不是为了听父亲说这些宣扬纳粹教义的新语①。“爸爸，你在奥斯威辛集中营做了什么？”

门格勒做了一个愤怒的手势，他很少被人打断。他盯着罗尔夫的双眼，说：“作为德国的科学战士，我的责任就是保护生物种群，净化血统，把外国人清除出去。”每天有成千上万人被送进集中营，他必须把他们筛选分类，去除那些没有生存能力的人。他甚至说：“我试着指派尽可能多的人去劳动，保全他们的性命。那些使我的研究得以推进的双胞胎也要感谢我让他们活命。”罗尔夫歪头看着他。门格勒试着解释筛选的原则，在军医院，不是所有的伤兵都会得到救治，有的人只能等死，这就是战争，这就是生存法则，优胜劣汰。火车驶入奥斯威辛集中营的时候，活死人多的是。怎么办？门格勒说，奥斯威辛不是避难所，是劳工营，与其让他们饱受折磨，不如让他们尽快解脱。“相信我，在那里的每一天都不容易。你懂吗？”不，罗尔夫不懂，完全不能理解，不过他没有反驳父亲，

---

① 新语或新话（法语原文novlangue）源于乔治·奥威尔小说《一九八四》中设想的人工语言、大洋国的官方语言。

而是让他说下去，也许门格勒最终会认罪和忏悔。“我执行命令是因为我爱德国，而且这是德国元首的政策。对我们的元首，无论是从法律上还是从道义上，我都要完成自己的使命。我没有选择。我没有发明奥斯威辛集中营、毒气室和焚尸炉。我只是其中的一个零件。如果发生了出格的事情，那我，我也不是罪魁祸首，我……”罗尔夫站起来，背对着父亲，没有听下去。他摩挲着脑袋，视线转向窗外踢球的少年。

72

罗尔夫重新坐到父亲面前，问他：“那犹太人呢？犹太人对你做了什么？”门格勒又开始说生物学、伤寒杆菌、微生物、需要清除的幼虫。他指着一只正在墙上爬的虫子说：“我们要把它碾碎，因为它威胁到了我们的生活环境，如果它叮咬我们，我们可能会生病。犹太人也是这样的。”罗尔夫闭上眼，本想一走了之，不过他让父亲不要动那只虫子，他们的话还没说完，虫子可以先放一放。“对那些被你送进毒气室的孩子、女人还有老人，你没有一点同情之心吗？你一点悔意都没有吗？”门格勒狠狠瞪着这个冥顽不化的儿子，“犹太人不属于人类，怜悯不适用于这种情况，”门格勒说，“是他们向我们宣战的，几千年来，他们一直想搞垮北欧人种。必须把他们全部清除，否则，在不久的将来，小男孩会长大成人，小女孩会变成一心复仇的母亲。这也是为什么这些幸存者祸害德国、以色列威胁整个世界和平的原因。罗尔夫，你要知道，反省是一种病态的请求，一些有病的人发明了这个概念，目的是让行动者麻痹，破坏行动。”他没有接受法律的审判，就是因为那些法官只是自行伸张正义，和复仇者没有区别。

夜幕降临埃尔多拉多，门格勒父子静静地吃着晚饭。儿子看着父亲，他就像个陌生人，把蛋黄压碎，用面包蘸取蛋液，吃得津津有味，胡子上还沾了些菠菜渣儿。罗尔夫突然发问：“你杀过人吗，爸爸？你有没有对刚出生的婴儿施虐，把他们烧死？”门格勒直起身来，狠狠地盯着他看。他发誓，除了作为战士和科学家的分内之事，他从未对任何人施暴。飞行员在敌国城市上空扔炸弹的时候，没有人谴责他们，还把他们奉为英雄。人们为什么要猛烈地攻击他？再说，德国人也没有提出过异议，教皇也没有。门格勒气愤地说，这既不公平也不道德！作为人民的外科医生，他的目标是让雅利安民族永远存续，保卫整个族群的福祉，个人在其中并不重要。

满脸通红的老人突然站起来吼道：“你，我的独生子，你居然相信那些关于我的乱七八糟的报道。你就是个小资产阶级分子，被你愚蠢的继父、法律学业还有媒体洗了脑，你就是垮掉的一代。我的故事对你来说太难理解，所以别再打扰你的前辈，请尊重他们。我没做过任何错事，罗尔夫，你听清楚了吗？”

结束了。两天两夜无休止地讨论，罗尔夫放弃了。父亲存心作恶、冥顽不化、无可救药，他就是战犯，不知悔改的反人类罪犯。是的，一切都结束了，罗尔夫这样告诉自己。剩下来的几天已经不重要了，散步、和波塞特一家合影、在贝尔蒂奥加沙滩的烧烤聚会，这些只是做做样子。他决定提前回国。在机场送行时，父亲对他说，希望能再见到他。

罗尔夫渐渐消失在候机厅。

73

门格勒把儿子的到访视为一种胜利，把平静的暮年视为对跌宕起伏的前半生的补偿。罗尔夫再次给他制造了紧张情绪，走了四天，五天，六天，却一直没有传来平安返回德国的消息。他是不是在里约被捕了？或者是在德国入境时被捕了？门格勒之前苦劝他不要用自己的护照回欧洲，忧心忡忡地给罗尔夫写了好几封信，每天看报纸、听广播、看电视，关注所有的新闻，从中寻找魔鬼天使之子从巴西归来被捕的消息。门格勒不停地咬指甲，咬到血都流出来了，终于，一个月后，泽德尔迈尔的回信让他安下心来。这次旅行没有对罗尔夫起任何作用。小兔崽子！门格勒感到痛心，再次陷入空虚和忧郁。波塞特建议他搬到好一点的区去住，但是他不想离开埃尔多拉多，因为没有人会去那儿搜寻世界上最邪恶的罪犯。另外，他既没有力气，也没有意愿去适应新环境。

而且，在埃尔多拉多，还有艾尔莎。她像母亲照顾孩子一样，给他无微不至的关怀；她跟着门格勒学习古典音乐、拉丁语和希腊语；她从他那儿收到了大量的礼物，几条围巾、一条金手链还有其他贵重物品，都是用卡尔-海茵茨给的钱和卖掉圣保罗公寓的钱买的。每天傍晚，她踮着脚尖在浴室镜前涂口红，然后离他而去，出门和别的男人约会，这种时候，他会痛苦万分。每天早晨看着艾尔莎准备咖啡，他似乎看到了依琳的背影，这两个女人很像，腰身都很苗条，她们都把金褐色的鬈发拢到脑后，盘成发髻。艾尔莎对佩德罗先生倾注了感情，他让她想起15岁那年过世的父亲。他对她很好，举止优雅，和附近围着她转的粗鲁醉汉完全不同。

佩德罗先生陪她参加了妹妹的婚礼。虽然他拒绝和她的家人合影，但他欣然接受和她共舞。门格勒紧贴着年轻女子曼妙的身躯，距离这么近，以至于她呼吸中的青柠味和甘蔗酒味都能闻到。老头对她产生了欲望。午夜前，他借口身体不适，背疼和腿疼，让她送他回家。

艾尔莎给干瘪的佩德罗先生做着按摩。他的右臂不舒服，天真女孩正要尴尬地把手放上去，门格勒抓着她的手，放到阳具上。艾尔莎不愿意，他紧抓着她的手腕说："做做样子。"艾尔莎照办了，她总是想满足佩德罗先生。她开始轻抚它，抚摸它，挑逗它，然而它却没有变化，像蜗牛一样软趴趴地蜷缩着。门格勒让她继续，一会儿让她"轻一点"，一会儿让她"快一点"，就是硬不起来。真是灾难！女佣抚摸着他的头发，安抚他入睡，就像安抚自己的孩子，虽然她并没有生过小孩。太好了，她愿意留下来，在佩德罗先生的床上过夜。

第二天早晨，他向艾尔莎提议搬来和他一起住。她拒绝了："佩德罗先生，这么做是不行的。周围的邻居会怎么说，还有我妈妈？我们家虽然穷，但都是自尊自重的人。"除非，他能答应一个条件——娶她。

74

"不，不可能，不可能。"门格勒惊慌失措，语无伦次，泪流满面。他很想，哦，他多想和这个温柔细心的女人结婚，和她共度残年，但他没法向她解释为什么他害怕向埃尔多拉多的民政官员出示杰拉尔名下以假乱真的身份证件。艾尔莎也流泪了，她在胸口画了三次十字，然后掩面而泣。如果他没有别的话要说，也不能给她一个理由，她只能离开，她不是妓女。佩德罗先生是一个优秀的人，必须请一个新保姆来照顾他。

老纳粹不肯放走最后的盟友。他去找她的母亲，向她发誓会给艾尔莎更高的工资，给她最好的生活。他跪在她面前，双手交叉紧握在汹涌起伏的胸前，请求她说服女儿回他家，继续为他工作。“那您就娶她。”这可恶的公序良俗！该死的天主教！门格勒陷入绝望，只好不停地骚扰她们，在她们家的破房子前转悠，给她们送花，痛哭，乞求，哀叹。佩德罗先生绝对是个怪老头。母亲告诉女儿，这个人已经疯了，要和他保持距离。1978年10月，艾尔莎告诉门格勒，她很快就要结婚了，请他不要再来打扰她。门格勒几乎崩溃，恳求她放弃结婚的计划，因为任何男人都不会像他这样善待她，可她什么都听不进去。佩德罗先生喃喃自语：“那我没几天活头了。”

对他来说，艾尔莎的离去是致命的打击。

虽然雇了新保姆伊内兹，而且就住在他家后院的小屋里，门格勒脆弱的身体还是每况愈下。荨麻疹、带状疱疹还有肝病折磨着他，这副躯壳已经不中用了。在给泽德尔迈尔的信中，他写道，他一点胃口也没有，日渐消瘦，生活也失去了意义，孤独像酷刑一样折磨他，他输掉了这场战斗。既然全世界都抛弃了他，他已经准备好自行了断。对他来说，长夜痛苦难挨，种种焦虑压在胸口，还有身体上的各种疼痛，他感觉自己快要窒息了。上床睡觉前，他跪在地上，闭上双眼，用拉丁语默念儿时父亲安抚他时说的祷词——那些夜里的梦魇和幻想，请离我们远去吧！然而什么也挽救不了他的灵魂，平息不了他的焦虑。门格勒再也无法入睡。他像个孩子似的，请求伊内兹在客厅留一盏灯，然后到床前向他道一声晚安。只有当她陪他一起睡的时候，他才能睡上几个小时。有时，听到一些声响，他就起床在屋里游荡，像梦游的人在寻找幽灵。老年痴呆的症状也愈发明显。白天他都会撞到家具的角上，还自言自语，反复念叨罗尔夫、依琳、爸爸，甚至没有力气去波塞特家过平安夜。25日上午，“音乐家”带着没吃完的肉和蛋糕来看他，发现他面色惨白瘫倒在一堆排泄物上。晚餐桌上有一盒通便栓剂，一些指甲屑，还有一张贺卡。泽德尔迈尔在贺卡上祝他1979年新年快乐，还祝贺他在几个月前当了爷爷。罗尔夫并没有亲自写信告诉他孩子出生的消息。

1月，圣保罗州进入酷暑季节。波塞特建议门格勒离开自家的“烤箱”，去他家在贝尔蒂奥加海边的度假屋避暑，孩子们很乐意接待他们的伯伯。1979年2月7日傍晚，门格勒登上前往圣多斯港的汽车。“音乐家”在汽车站接他，极度疲惫的他心情不太好，到家以后，他没有和主人一起吃午饭，直接躲到房里午睡去了。

门格勒开始做梦。经过那么多不眠之夜，他第一次做梦。

75

大雾笼罩着森林，昏暗的村庄，哭声和叹息声，不同语言的说话声，还有可怕的行话。成群结队的孩子、女人和男人全身赤裸，被黑色的魔鬼驱赶着往前走，苍蝇马蜂围着他们飞。在这些囚犯里，他看到了艾希曼、鲁德尔、姬塔和格扎、恬不知耻的遗传学家冯·费舒尔还有金茨堡的所有家人，神圣家族全部聚齐——父亲、母亲、兄弟、他们的妻子、儿子还有侄子，每个人都骂骂咧咧推着一车花岗岩。一个巨大的火盆正在搭建。羊和猴子拉着堆满柴火的小车，乐队正在给乐器调音。一个披头散发的巫女站在讲坛上，高举双臂，发表演说。天空中的乌云预示着大雪将至。这是狂欢节的前夜，日耳曼尼亚[①]女神将被处死。

① “世界之都日耳曼尼亚”是希特勒为德国首都柏林重建工程所起的名称，是预期在二战中获胜后，对未来德国的部分想象。

突然两个疲惫的声音喊着“门格勒，门格勒！”，他转过头，看见两个衣衫褴褛的男子正在瞄准他。他立刻认出来了，这是奥斯威辛集中营的那对父子，驼子和瘸子，来自罗兹的贫苦犹太人，他下令把他们解剖然后扔到锅里煮到脱骨。他们向穿着带有编号的军服的门格勒走来，用枪顶着他的太阳穴。他浑身颤抖，跪下，求饶。驼背的父亲发出一阵狂笑，瘸腿的儿子吹着口哨，吹的正是《托斯卡》选段。

76

醒来时，他已经筋疲力尽，汗流浃背，心跳加速，从头到脚都在颤抖，因为他预感在1979年2月7日这一天，他的逃亡之旅就要到终点了。

他忍着背痛从床上爬起来，套上泳裤，穿好衣服，出门去了，什么也没吃，什么也没喝。他走向度假屋下的沙滩。波塞特向他挥手致意。他想在太阳伞下躺会儿吗？来杯柠檬汽水，吃点炸鳕鱼？门格勒提议沿海岸线走走。他没戴帽子，也没穿上衣，在耀眼的太阳下木然地向前走着，完全没有注意波塞特在旁边说的那些没营养的话。走了一会儿，他感到头晕，必须找块石头坐下来。世界突然安静下来，一切突然停止，孩子们的叫喊，天空的飞鸟，海浪，又咸又热的海风把金色的沙滩变成火盆。突然，门格勒开始说话，语无伦次地说着残垣断壁、他的父母还有金茨堡，眼睛始终盯着远方的地平线。他跟波塞特说，他做梦都想回去，在金茨堡了此残生。他现在热得要死，也渴得要死。

其实，他就是要死了。也不知哪来的力气，他走进碧蓝的海水中，一低头，身子就浮起来了，他再也感觉不到身体的疼痛和退化的器官，任凭海浪把自己带向大海深处。突然，他感到干瘪的颈部僵直起来，上下颌收紧，四肢和整个生命都动弹不得。门格勒发出嘶哑的喘气声，海鸥拍着翅膀，发出欢快的叫声。门格勒溺水了。波塞特顶着海浪把他往岸边拉，当时，他还在喘气，然而拉上来的时候已经死了。

莉泽洛特和孩子们惊呼："佩德罗伯伯死啦！"佩德罗伯伯悄无声息地死在了巴西的阳光下，死在了无边无际的大海中，纵然犯下了令人发指的罪行，他也没有受到法庭的审判，也没有直面受害者。

第二天，门格勒以假身份在恩布下葬。波塞特生病入院，没有参加葬礼。只有墓地的主管和一名工作人员陪波塞特夫人见证了"沃尔夫冈·杰拉尔"入土为安。

尾　声

幽灵

77

1985年1月27日，奥斯威辛下雪了。前来纪念集中营解放四十周年的幸存者中有一群面容沧桑的老人，他们大概五六十岁，有的是双胞胎，有的是侏儒，有的肢体残疾。他们是门格勒的人类动物园的幸存者，他们对着全世界的镜头控诉施虐者，要求相关国家政府把他缉拿归案。“我们知道他还活着，他必须接受惩罚。”

他们中的大多数从波兰直接飞去了以色列。2月4日，针对这个反人类战犯的模拟庭审在耶路撒冷犹太人大屠杀纪念馆拉开序幕。法庭由审判艾希曼的前总检察官主持。连续三晚，门格勒的“小白鼠们”出庭作证，讲述自己的受难史。吉卜赛双胞胎关押区的女守卫记得门格勒。他把双胞胎男性的精子注入双胞胎女性体内，希望她能孕育出双胞胎，当他发现她只怀了一胎时，他就把胎儿从子宫里取出，直接扔进火里。一个失魂落魄的女人在证词中说，她不得不杀害出生八天的女儿。门格勒下令给她束胸，给孩子断奶，因为他想知道新生儿不进食能活几天。孩子一直在哭喊，母亲实在无法承受，就给她注射了一剂犹太医生提供的吗啡。还有一些妇女作证说，党卫军士兵用枪托把活着的新生儿的脑袋敲碎。在门格勒的办公室有一面展示人类眼睛的墙，人的眼睛就像蝴蝶标本一样钉在上面。这些证词通过卫星电视全球直播，引起强烈反响。模拟审判还没结束，美国司法部部长就下令对门格勒的卷宗全面重审，抓捕这名战犯。西蒙·维森塔尔在洛杉矶的纳粹战犯档案中心也给司法部施加了不小的压力，他们公布了一份反间谍机构的解密文件，文件显示1947年美国人曾抓到门格勒。虽然消息并不准确，但是造成了极大的社会舆论，难道美国人放走了魔鬼天使？美国人在战后利用过很多纳粹战犯，他们是不是也利用过门格勒？为此，卡特政府成立了特别调查局，主导对纳粹战犯的调查，中央情报局、国务院和国防部（包括国家安全局）都听它调遣，这就意味着美国这个超级大国的无限资源都可以使用。两天后，也就是2月8日，以色列人宣布重启抓捕门格勒的行动，并悬赏100万美元，谁能交出门格勒，谁就能得到这笔赏金。为了抓到他，很多机构都开出了天价赏金，西蒙·维森塔尔中心和《华盛顿时报》各开出100万美元的赏金，联邦德国政府开出100万马克的赏金。战争结束40年后，门格勒的脑袋值340万美元。美国人、以色列人和联邦德国人决定联合行动，共享情报。记者、探险家纷纷前往金茨堡和南美，媒体连篇累幅报道20世纪末最重要

报纸上对门格勒的悬赏通缉

的抓捕行动。当时世人并不知道他们在追捕一个已经死了的人。

犹太人大屠杀在西方成为热议的话题。70年代末，梅丽尔·斯特里普和詹姆斯·伍兹主演的电视剧《大屠杀》使数千万人了解到欧洲犹太人经历的灭顶之灾。这部剧极具震撼力，令人久久不能平静，大屠杀从此进入公众语言，集中营的幸存者终于开始发声。在德国，纳粹主义的执行者和干部这代人基本都退休了，官方痛苦的回忆工作得以启动。美国国会批准在华盛顿修建纪念馆，之后还有22座纪念馆在美国其他城市落成。克洛德·朗兹曼即将完成纪录片《浩劫》。

模拟庭审的主持人、审判艾希曼的前总检察官说，这次必须抓到这个魔鬼，将“残酷纳粹的代表人物”交给法律审判。这些年，关于他的逸闻层出不穷，一个比一个荒诞，“医生先生”却一直逍遥法外。虽然巴拉圭政府于1979年夏取消了他的公民资格，很多人认为他仍然在那里生活，由斯特罗斯纳总统的手下保护。1985年5月，贝亚特·克拉斯菲尔德[①]在亚松森的总统府外抗议斯特罗斯纳的包庇行为。西蒙·维森塔尔表示，门格勒还在智利、玻利维亚和巴拉圭之间流窜。以色列方面认为他还躲在乌拉圭，《纽约邮报》认为他躲在纽约附近的威切斯特郡，住在一所东正教犹太学校附近，化名亨瑞科·沃尔曼，是行走在南美和美国的大毒枭，险些在迈阿密被捕。电影《巴西来的男孩》的热映让一个关于门格勒的奇闻更加深入人心——门格勒是巴西南部小镇坎迪哥多伊金发双胞胎数量剧增的幕后推手。在电影中，格里高利·派克饰演一个与传闻中的约瑟夫·门格勒很相似但更有野心的纳粹军官，他克隆了94个小希特勒，目的是建立第四帝国。

① 1968年11月7日，贝亚特·克拉斯菲尔德打出了德国历史上著名的一记耳光。那天，德国执政党基民盟在柏林召开党代会。时任联邦德国总理的库尔特·基辛格准备演讲时，年轻的女记者贝亚特·克拉斯菲尔德冲上台，给了基辛格一记耳光，并大喊“基辛格，纳粹，下台！”。

78

在金茨堡，卡尔–海茵茨和迪特尔这对堂兄弟担心媒体和司法机构掀起的狂风骤雨会威胁家族企业，大批记者在工厂和住所外蹲守。巨额赏金可能会让南美那些贪财的亲信管不住自己的嘴。六年来，他们一致对外保持沉默。门格勒死后，罗尔夫回过一次巴西，把他的衣物、日常用品、书信和笔记本带回德国。他重重地答谢了波塞特一家，感谢他们的真诚付出，还把埃尔多拉多的一半房产赠给他们。另一半，他送给了斯塔莫一家，不过这家人立刻把它转卖给了波塞特。两家人向罗尔夫发誓绝不向外人泄露佩德罗伯伯去世的秘密。金茨堡家族也团结一心，什么都不对外说，任何回应都会引出令人尴尬的问题，让外人知道这家人一直在坚定地资助着逃犯。对家族经营的跨国公司来说，这是坏得不能再坏的广告。门格勒家族津津有味地看着政府和纳粹猎手为了抓他白费力气。罗尔夫还是像以前一样，内心充满矛盾，出于对父亲盟友的尊重，他选择了沉默。他讨厌他的堂兄弟，但是他和他们一样，不希望门格勒的遗骸被人发现，希望时间能让世人忘掉他。可能走漏风声的见证者一个个离世，杰拉尔很早就走了，

1982年鲁德尔和克鲁格也过世了。

1985年初春，门格勒家族被迫改变策略。外部压力太过强大，一些报道指责家族企业给逃犯的瑞士账户转账。3月，迪特尔接受了美国一家知名电视台的采访。他说，叔叔逃到阿根廷后，他就没有和他联系过，还淡化了门格勒的罪行，推测说他很可能死了，因为“家族里的男性普遍不长寿”，门格勒要是在世的话，应该有74岁了。不过他希望大家不要误解他的话，他并没有掌握关于门格勒的任何消息。然而这次采访助长了各种演绎——门格勒一定还活着，他的侄子知道情报机构和警察在跟踪他，所以混淆视听，必须进一步调查。对于这次采访，迪特尔没有提前知会罗尔夫，这让罗尔夫非常气愤。3月底，三个堂兄弟在金茨堡聚了一次。迪特尔提议把门格勒的遗骸从恩布墓地挖出来，带回德国，扔到负责案件的检察官家门口，不署名，只写一句话：“这就是约瑟夫·门格勒的尸骨。”罗尔夫不同意。他认为应该沉默到底。幸运的话，他的尸骨永远不会被人发现。

然而，好运结束了。1984年秋，忠诚的泽德尔迈尔刚退休，和夫人到黑森林过起了乡间生活。一次晚宴上，他说漏了嘴。那是个美好的夜晚，酒过三巡，魔鬼的代理人掉了链子，他对一位朋友说，他一直寄钱给门格勒，从未间断。此人把信息报告给了当地警局，警局因此获得执法权，1985年5月10日，法兰克福的检察官通知美国和以色列同行，德国警察将紧急搜查泽德尔迈尔的住所。这一次，金茨堡警局没有事先得到消息，也没有人给泽德尔迈尔通风报信。

5月底，警察搜查了泽德尔迈尔的豪宅。在他妻子的衣帽间找到一本地址簿和一些加密的电话号码，门格勒、波塞特和斯塔莫来信的复印件。波塞特在一封信里提到伯伯去世的事情。泽德尔迈尔拒绝与警方合作，于是警方分析地址簿的这段时间，他被软禁在家。地址簿指向巴西，圣保罗警方接到通知后，连续四天日夜监视波塞特一家和斯塔莫一家，始终没有发现门格勒的踪迹。6月5日清晨，警察进入波塞特家。

警察在他家的衣柜里发现了一些零零碎碎的东西，还有一个留着胡子的老人的近照。这证明他们一家和门格勒有联系。很快，波塞特一家就坦白了，门格勒死了，葬在恩布公墓，墓碑上的名字是沃尔夫冈·杰拉尔。第二天，轮到姬塔·斯塔莫，她比较难对付。是的，她认得照片上的男人，他叫彼得·霍希比席勒，帮她家管理过很长时间农场，瑞士人，是杰拉尔介绍他来工作的。她说她不认识约瑟夫·门格勒。格扎没有被警方盘问，他当时在亚洲旅行。

那天，在世界的另一边，媒体得知了这个激动人心的消息，《世界报》在头版头条宣告门格勒的尸体在巴西找到。6日，在数不清的照相机、摄像机和话筒的簇拥下，警察和波塞特一家在恩布公墓挖开了杰拉尔的坟墓。掩土被清理，棺椁被抬出，顶盖被揭开，遗骸重见天日。圣保罗警局法医实验室主任举着头骨，仿佛他刚发现的是人们追踪了几百年的神秘爬行动物的化石。这个魔鬼的真面目是土色的，一颗爬满虫子的头骨，这是死神的胜利。

最优秀的法医奔赴巴西，鉴定残骸的身份。以色列人和克拉斯菲尔德一家对此半信半疑。为什么他的家人六年来都保持沉默？为什么要把生活变得如此复杂？为什么现在松了口？这一定是为了让门格勒安享晚年放的新“烟幕弹”。维森塔尔也不太相信，这个逃犯已经死了七次，一次在苏联前线，两次在巴拉圭，一次在巴西，还有一次在玻利维亚，最近一次是在葡萄牙，自杀身亡。

与此同时，专家们对遗骸进行分析，他们确定了血型，提取到一根头发、一些胡子和一枚指纹，测量了骨头的长度和门牙缝隙的宽度，检查了他的椎骨、腿骨、面部的一个洞，还有额头的突起。他们比对了门格勒年轻时和晚年的照片，调阅了党卫军档案，档案提到他在奥斯威辛集中营骑摩托车时发生过一次车祸，导致盆骨骨裂。罗尔夫打算打破沉默。起初他考虑把父亲的信件、笔记和他在巴西给他拍的照片卖给《明星》周刊，后来他把这些资料免费提供给了发行量巨大的《彩色画报》周刊，这期周刊的销售收入将捐献给集中营幸存者的协会。联邦德国人在6月18日这一期的画报封面看到了头戴草帽、满脸皱纹、衣领敞开的门格勒。特别报道告诉世人，他的家人一直都知道他的藏身之处，并且资助他直到最后。罗尔夫在一份简短声明中确认，他的父亲于1979年在巴西去世，他向受害者及其亲友表达最深刻的同情。出于对那些帮助过父亲的人的尊重，他一直没有向外界透露父亲的死讯。他只字未提父亲的罪行。迪特尔、卡尔–海茵茨和泽德尔迈尔仍然保持沉默。

6月21日，圣保罗警察局在总部召开新闻发布会。基于科学检查，法医有理由相信在恩布挖出来的遗骸是约瑟夫·门格勒的。

79

1992年，DNA检测结果肯定了当年专家组的结论。

同年，德国、以色列和美国宣布门格勒案正式结案。

他的遗骸存放在圣保罗法医学院的储物柜里。他的家人没有要求取回遗骸。因此，门格勒没有供他长眠的墓地。

迪特尔、卡尔–海茵茨和泽德尔迈尔最终没被起诉，罗尔夫也没有，因为在德国，协助罪犯潜逃的诉讼时限是五年。

1985年6月的一系列曝光使门格勒家族企业陷入困

境。6年后，也就是1991年，雇员只剩下一半，也就是600人。2011年，这个品牌彻底消失。

2009年，迪特尔和卡尔-海茵茨创立了一个资助金茨堡贫困人士的基金会，迪特尔对《奥格斯堡汇报》说，这个姓氏“这些年总是和负面信息联系在一起”，他希望基金会能赋予这个姓氏一些正能量。

2011年，约瑟夫·门格勒的笔记本和逃亡日记以24.5万美元的价格在美国一家拍卖行拍出，买家是以匿名方式拍下的。

罗尔夫·门格勒现在在慕尼黑生活，职业是律师。他后来改用妻子的姓氏。

2008年，他接受了一家以色列报纸的采访，请求犹太人不要因为父亲的罪行怨恨他。

80

2016年3月，门格勒的尸骨被移交给巴西医学机构。

81

最后，他的尸骨成了圣保罗大学医学院新生的练习品，这就是约瑟夫·门格勒逃亡的终点。此时二战已经结束了七十年，那场战争摧毁了欧洲，这片高度发达、多种文化交汇的大陆。门格勒的一生是一个肆无忌惮、灵魂紧锁的男人的个人史，他的人生属于狂飙突进的现代化使社会陷入动荡的年代，他的人生被恶毒致命的意识形态彻底毁坏。这种意识形态毫不费力地迷住了年轻有野心的医生，利用他的平庸之处——虚荣、嫉妒、拜金，将他引上罪恶之路，还为之辩解。每隔两三代人，当记忆开始泛黄，上一次杀戮的幸存者纷纷离世，理性就会逐渐失去光彩，一些人又要开始四处作恶。

那些夜里的梦魇和幻想，请离我们远去吧！

保持怀疑，人是一种可塑性很强的生物，要提防人类。

跋

本书讲述了约瑟夫·门格勒在南美洲的经历。有的部分，人们也许永远无法洞悉，只有小说这种形式可以让我最大限度还原纳粹医生的逃亡之旅。

准备写这本书的时候，我去了金茨堡、阿根廷、巴西，在巴西塞拉内格拉，我还找到了圣卢西亚农场。

我阅读了大量文献，其中一些对这本书的写作起了关键性作用。首先是米克洛斯·尼斯利的《奥斯威辛医生》（朱利亚尔出版社，1961年，提贝尔·克莱默译自匈牙利语）。还有乌尔里希·伏尔克莱恩的《约瑟夫·门格勒，奥斯威辛的医生》（斯泰德出版社，2003年），杰拉尔·阿斯托的《最后一个纳粹》（丝菲尔图书出版社，1986年），思文·凯勒的《金茨堡和约瑟夫·门格勒的灭亡》（奥登堡出版社，2003年）。我个人认为，杰拉尔德·利奥·波斯纳和约翰·瓦尔合著的《门格勒的完整故事》（库珀广场出版社，2000年）就像一座无与伦比的信息宝库，这也是迄今为止最出色的一部关于门格勒的传记。20世纪80年代，波斯纳和瓦尔翻阅了逃亡医生写的日记。关于庇隆时期的阿根廷和他接收纳粹战犯的政策，优奇·高尼的《真正的奥德赛》（伊比利亚少儿出版社，2002年）和贝缇娜·斯坦格尼斯的《抵达耶路撒冷前的艾希曼》（鲍利海出版社，2014年）都是必读书。约翰·夏普托的《血统的法则》（伽利玛出版社，2014年）也使我受益良多，帮助我理解了纳粹的世界观。

第二章开头部分引用了米克洛斯·尼斯利的《奥斯威辛医生》的内容。

感谢朱丽叶特·乔斯特，克里斯托夫·巴达耶和奥利维耶·诺拉，玛丽昂·纳卡歇，胡安·阿尔贝托·舒勒兹，优奇·高尼，塞巴斯蒂安·勒富勒，拉尔斯·克罗姆，蕾阿·萨拉梅，希尔维和吉尔·盖，丹尼尔·赫施。

献给安娜贝拉·赫施。

译后记

2017年10月，海天出版社的胡小跃老师把《魔鬼医生的消失》的法文稿发给我。他说，我和作者奥利维耶·盖有一个共同点——都是新闻从业人员。

奥利维耶·盖1974年出生于法国东部名城斯特拉斯堡，先后在斯特拉斯堡政治学院、伦敦政治经济学院和位于比利时布鲁日的欧洲学院学习。2000年到2005年，他在法国经济类报纸《论坛报》担任国际经济报道记者，他的第一部作品《大联盟》（La Grande Alliance，弗拉马里翁出版社，2003年）就是在这段时间写成的。他还曾为包括美国《纽约时报》、法国《世界报》和《观点周刊》、德国《法兰克福汇报》在内的纸质媒体担任自由撰稿人。

而我，自2003年从北京第二外国语学院法语系毕业就一直在中国国际广播电台工作。工作的内容非常多元——翻译、编辑、采访、写稿（中文稿和法文稿）、播音和主持。所有的工作都离不开法语，于是法语成了我的第二语言。

在接下此书的翻译重任前，我犹豫了一段时间，因为担心自己无法胜任。我的谨慎，甚至可以说是胆怯，并不是没有道理的。在和大家分享这本书的翻译难点前，我觉得应该介绍一下小说的创作背景。

这本书是关于德国纳粹医生门格勒在南美逃亡的经历。门格勒是一个臭名昭著的纳粹集中营医生。关于他的生平和传奇般的逃亡经历，中文资料不多。英语、法语、德语的资料虽然很多，但却散落在众多关于二战、集中营、纳粹战犯的文献当中。于是，作者花了三年时间阅读、消化这些资料，进而写出这部纪实文学作品。其间，他还去门格勒的家乡金茨堡和他逃亡过的国家阿根廷和巴西走访，甚至还找到了圣卢西亚农场。这真是印了中国的一句老话——“读万卷书，行万里路”。

奥利维耶·盖是在创作电影《国家反抗者弗里茨·鲍尔》（2015年在欧洲上映）的剧本时被门格勒这个人物吸引的。他在接受法国《世界报》采访时说：“我和这个卑鄙小人共同生活了一段时间。我就像登上竞技台的拳击手，我要挑战他。最初的六个月，我曾在梦里喊出他的名字。”

2017年11月，我也登上了属于我的“竞技台”，对手是这本小说，时间是六个月。

在挑战这部历史小说之前，我曾经“临危受命”，接下历史论文集《帝国的终结》的翻译。要理解这本小说，译者要调动大量的历史知识，而且要把这些知识内化。第十节的“半人马”（centaure）这个词曾让我失眠多日。帮我解围的是西班牙语部的同事王觉眠，她曾经担任过中国国际广播电台驻阿根廷站记者。看完这节的初译稿后，她很快领会了寓意——作者把骑在马背上的高乔人比喻成“半人马”，因为高乔人从事畜牧业，习惯在马背上生活。阿根廷的“半人马时代”或者说“马背上的时代”可以理解为牧场经济时代，以牛肉和奶制品贸易为主。

其实，历史、国情等背景知识的掌握并不能视为翻译难点，因为这是因人而异的难点，有的译者阅历丰富或者在译前做了大量有针对性的阅读，那么这个难点就不存在，或者不会特别突出。

对于翻译来说，永恒的难题是找到“心理确定”。学过外语的人都知道，一个单词经常会对应几个甚至上十个释义。对于译者来说，一个句子里倘若存在两个以上的单词释义不清，就会“卡壳”，进而为了找到那份确定花费几个小时甚至几天时间。就在写这篇译后记的前几个小时，我还在和胡小跃老师为书里的一个形容词进行讨论。对Perdu这个形容词，我在初译、二读和三读过程中没有丝毫的犹豫。编辑同仁审稿后指出，这个形容词完全可以按照字典里的其他几个释义来翻译，整个句子也可以讲得通。于是，不确定性这个大怪兽再次出现。打个不太恰当的比喻，翻译就像是打怪兽的游戏，历经磨难，打败沿途所有怪兽，才能闯关。

最后，我还是不能免俗要“王婆卖瓜”。《魔鬼医生的消失》是我第一次独立翻译小说，如果您觉得这本书写得不太好，那一定是因为我才疏学浅，翻译尚欠火候，一定不是作者的问题，因为原著自2017年8月出版以来在法国获得了无数好评和两个重要的奖项——2017年11月颁出的勒诺多文学奖和12月颁出的“奖中奖”。创立于2011年的“奖中奖”的候选作品是当年八大文学奖（龚古尔、美第奇、勒诺多、法兰西学院小说大奖、费米娜、花神、十二月和联盟）的获奖作品。而勒诺多文学奖是由十位记者兼文学批评家于1926年在等待龚古尔奖揭晓时酝酿产生的，初衷是弥补龚古尔奖的评判失误。为了纪念法国第一位记者泰奥弗拉斯·勒诺多（Théophraste Renaudot），文学奖以他的名字命名。

邓颖平

2018年6月20日

北京石景山

参考书目

Dante Alighieri, *La Divine Comédie : l'Enfer*, Flammarion, 2004.

Hannah Arendt, *Responsabilité et jugement*, Payot, 2005.

Gerald Astor, *The Last Nazi*, Sphere Books, 1986.

Michel Bar-Zohar, *Les Vengeurs*, Fayard, 1968.

Neal Bascomb, *La Traque d'Eichmann*, Perrin, 2010.

Carmen Bernand, *Histoire de Buenos Aires*, Fayard, 1997.

Carmen Bernand, *Buenos Aires 1880-1936, Un mythe des confins*, Autrement, 2001.

Laurence Bertrand Dorléac, *Contre-déclin*, Gallimard, 2012.

Laurent Binet, *HHhH*, Grasset, 2010.

Esteban Buch, *El pintor de la Suiza argentina*, Editorial Sudamericana, Buenos Aires, 1991.

Jorge Camarasa, *Le Mystère Mengele*, Robert Laffont, 2009.

Johann Chapoutot, *La Loi du sang*, Gallimard, 2014.

Bruce Chatwin, *En Patagonie*, Grasset, 2002.

Jean Clair, *La Barbarie ordinaire, Music à Dachau*, Gallimard, 2001.

Jean Clair, *Hubris*, Gallimard, 2012.

Joseph Conrad, *Au coeur des ténèbres*, Flammarion, 1989.

Eckart Conze, Norbert Frei, Peter Hayes, Moshe Zimmermann, *Das Amt und die Vergangenheit*, Blessing, 2010.

Tania Crasnianski, *Enfants de nazis*, Grasset, 2016.

Michel Cymes, *Hippocrate aux enfers*, Stock, 2015.

Erri De Luca, *Le Tort du soldat*, Gallimard, 2014.

Eric Deshayes, *Au-delà du rock, la vague planante électronique et expérimentale allemande des années 70*, Le Mot et le Reste, 2007.

Eric Deshayes, *Kraftwerk*, Le Mot et le Reste, 2014.

Otto Dix, *La Guerre*, Gallimard, 2015.

Tomás Eloy Martínez, *Le Roman de Perón*, Robert Laffont, 2014.

Tomás Eloy Martínez, *Santa Evita*, Robert Laffont, 2014.

Reiner Engelmann, *Der Fotograf von Auschwitz*, Random House, 2015.

Federico Finchelstein, *Transatlantic Fascism*, Duke University Press, 2010.

László F. Földényi, *Mélancolie, essai sur l'âme occidentale*, Actes Sud, 2012.

Élise Fontenaille-N'Diaye, *Blue Book*, Calmann-Lévy, 2015.

Norbert Frei, *Adenauer's Germany and the Nazi Past*, Columbia University Press, 2002.

Witold Gombrowicz, *Trans-Atlantique*, Denoël, 1976.

Witold Gombrowicz, *Pérégrinations argentines*, Christian Bourgois, 1984.

Uki Goñi, *La Autentica Odessa, La fuga nazi a la Argentina de Perón*, Paidos Iberica, 2002.

Graham Greene, *Voyages avec ma tante*, Robert Laffont, 1970.

Vassili Grossman, *Années de guerre*, Autrement, 1993.

Olivier Guez, *L'Impossible Retour, une histoire des juifs en Allemagne depuis 1945*, Flammarion, 2007.

Lise Haddad, Jean-Marc Dreyfus, *Une médecine de mort*, Vendémiaire, 2014.

Donald C. Hodges, *Argentina's « Dirty War »*, University of Texas, 1991.

Christian Ingrao, *La Promesse de l'Est*, Le Seuil, 2016.

Franz Kafka, *La Métamorphose*, Le Livre de poche, 1989.

Jean-Paul Kauffmann, *La Chambre noire de Longwood*, La Table Ronde, 1997.

Sven Keller, *Günzburg und der Fall Josef Mengele*, Oldenbourg, 2003.

Philip Kerr, *Une douce flamme*, Editions du Masque, 2010.

Ian Kershaw, *L'Europe en enfer (1914-1949),* Seuil, 2016.

Imre Kertész, *Kaddish pour l'enfant qui ne naîtra pas*, Actes Sud, 1995.

Beate et Serge Klarsfeld, *Mémoires*, Fayard/Flammarion, 2015.

Alexandra Laignel-Lavastine, *Esprits d'Europe*, Calmann-Lévy, 2005.

Hermann Langbein, *Hommes et femmes à Auschwitz*, Tallandier, 2011.

Alan Levy, *Nazi Hunter, The Wiesenthal File*, Constable & Robinson Ltd, 2002.

Herbert Liebermann, *La Traque*, Seuil, 1979.

Albert Londres, *Le Chemin de Buenos Aires*, Arléa, 2009.

Ben Macintyre, *Forgotten Fatherland*, Macmillan, 1992.

Gabriel Miremont, *La Estética del Peronismo, 1945-1955*, Ediciones del Instituto Nacional de Investigaciones Historicas Eva Perón, 2013.

Miklós Molnar, *Histoire de la Hongrie*, Perrin, 2004.

Paul Morand, « Argentine Air Indien », *La Revue des Deux Mondes*, 1932.

Peter Novick, *L'Holocauste dans la vie américaine*, Gallimard, 2001.

Miklós Nyiszli, *Médecin à Auschwitz*, Julliard, 1961.

Alan Pauls, *Le Facteur Borges*, Christian Bourgois, 2006.

Gerald L. Posner, John Ware, *Mengele, The Complete Story*, Cooper Square Press, 2000.

Mario Praz, *La Chair, la mort et le diable dans la littérature du XIXe siècle*, Denoël, 1977.

David Rock, *Argentina 1516-1987*, I.B. Tauris & Co Ltd, 1988.

Alain Rouquié, *Amérique latine*, Seuil, 1998.

Ernesto Sábato, *Le Tunnel*, Seuil, 1978.

W.G. Sebald, *Austerlitz*, Actes Sud, 2002.

Tom Segev, *Simon Wiesenthal*, Liana Levi, 2010.

Gitta Sereny, *Au fond des ténèbres*, Denoël, 2007.

Thomas E. Skidmore, Peter H. Smith, *Modern Latin America*, Oxford University Press, 1997.

Timothy Snyder, *Terres de sang*, Gallimard, 2012.

Oswald Spengler, *Le Déclin de l'Occident*, Gallimard, 1948.

Daniel Stahl, *Nazi-Jagd*, Wallstein, 2013.

Bettina Stangneth, *Eichmann Before Jerusalem*, The Bodley Head, 2014.

Gerald Steinacher, *Les Nazis en fuite*, Perrin, 2015.

Ronen Steinke, *Fritz Bauer oder Auschwitz vor Gericht*, Piper, 2013.

William Styron, *Face aux ténèbres*, Gallimard, 1990.

Abram de Swaan, *Diviser pour tuer*, Seuil, 2016.

Gordon Thomas, *Histoire secrète du Mossad*, Nouveau Monde, 2006.

Ulrich Völklein, *Josef Mengele, der Arzt von Auschwitz*, Steidl, 2003.

Rodolfo Walsh, *Opération massacre*, Christian Bourgois, 2010.

Guy Walters, *La Traque du mal*, Flammarion, 2010.

Peter Watson, *The German Genius*, Simon & Schuster, 2010.

Paul Weindling, *L'Hygiène de la race*, La Découverte, 1998.

Simon Wiesenthal, *Les assassins sont parmi nous*, Stock, 1967.

Simon Wiesenthal, *Justice n'est pas vengeance*, Robert Laffont, 1989.